국어 교과서 작품 읽기
중2 소설

국어 교과서 작품 읽기: 중2 소설

전면 개정판 1쇄 발행 • 2018년 12월 10일
전면 개정판 26쇄 발행 • 2024년 11월 20일

엮은이 • 서덕희 최은영
펴낸이 • 염종선
책임편집 • 정편집실
조판 • P.E.N.
펴낸곳 • (주)창비
등록 • 1986년 8월 5일 제85호
주소 • 10881 경기도 파주시 회동길 184
전화 • 031-955-3333
팩시밀리 • 영업 031-955-3399 편집 031-955-3400
홈페이지 • www.changbi.com
전자우편 • ya@changbi.com

ⓒ (주)창비 2018
ISBN 978-89-364-5881-2 44810
ISBN 978-89-364-5967-3 (전3권)

국어 교과서 작품 읽기

중2 소설

서덕희 · 최은영 엮음

창비

'국어 교과서 작품 읽기' 전면 개정판을 펴내며

우리는 학교에서 여러 과목을 공부합니다. 과목마다 학습 방법도 재미도 다르지만, 한 가지 공통점이 있다면 모두 우리말, 우리글로 이루어진다는 점입니다. 달리 말해 국어 공부가 바탕이 되지 않으면 다른 과목이 더 어렵게 느껴질 수도 있지요. 더욱이 국어는 학교에서 배워야 하는 공부의 대상일 뿐 아니라 우리 삶 곳곳에서 쓰이는 소통의 도구입니다. 따라서 국어를 익히는 과정은 세상과 소통하는 법을 배우며 한 인간으로서 성장하는 과정이기도 합니다.

'국어 교과서 작품 읽기'는 2010년 출간된 이래 수많은 학생들과 학부모, 선생님들에게서 큰 관심과 사랑을 받아 왔습니다. 이전까지 한 권이던 국정 국어 교과서에서 여러 권의 검정 국어 교과서로 바뀌면서 나오기 시작한 '국어 교과서 작품 읽기'는 변화된 교육 과정에 발맞추어 다종의 국어 교과서에 실린 문학 작품을 갈래별로 가려 뽑아 재구성해 다채로운 작품을 접할 수 있게 한 시리즈입니다. 초판 이후 2013년부터 새로운 교육 과정에 맞추어 개정판을 냈으며, 이번에 다시 한번 개정된 교육 과정에 맞추어 2019년 새 국어 교과서 9종에 대비하는 '전면 개정판'을 내게 되었습니다.

2018년부터 시행되고 있는 '2015 개정 교육 과정'은 학생이 자신과 세계를 이해하고 공동체의 구성원으로 소통하는 법을 배울 수 있도록 국어 교과 역량을 기르는 것을 강조합니다. 즉 비판적·창의적 사고 역량, 자료·정보 활용 역량, 의사소통 역량, 공동체·대인 관계 역량, 문화 향유 역량, 자기 성찰·계발 역량 등을 키우는 일이 중요해집니다. 이를 위해 과목을 넘나드는 창의 융합 활동이 제시되고, 학습량을 20퍼센트 가까이 줄이는 대신 학습의 질을 높였습니다. 국어 교과서에서도 문학 작품을 인문, 과학 영역과 접목해 통합적으로 읽고 생각하기를 권장하고 있습니다.

이번 '국어 교과서 작품 읽기'는 이처럼 문학 작품 독해의 질을 높이고 국어 능력을 강조하는 교육 과정의 큰 변화에 발맞추어 전면 개정한 것입니다. 이 시리즈는 문학 작품을 읽어 가면서 느낀 재미와 감동을 확인하고 생각하는 힘을 기르는 데 도움을 줄 것입니다.

사람은 누구나 평생 각기 다른 다양한 경험을 하며 살아갑니다. 그러나 누구든지 일생 동안 자신이 하고 싶은 일을 전부 하면서 살아갈 수는 없습니다. 한 사람이 살면서 직접 보고, 듣고, 느끼며 경험할 수 있는 일은 한계가 있기 때문입니다. 사람들은 자신이 해 보지 않은 일에 대한 호기심이 있고, 자신이 꿈꾸지만 도달하지 못하는 일에 대한 아쉬움이 있습니다. 이러한 호기심과 아쉬움을 채워 줄 수 있는 좋은 방법이 소설을 감상하는 것입니다. 우리는 소설 작품을 통해 나와 다른 시대나 문화 속에서 살았던 다른 사람의 삶을 공유하기도 하고, 자신이 해 보지 못했던 색다른 경험을 하기도 합니다.

이 책은 현장에서 아이들과 국어 수업을 하는 엮은이 선생님들이 9종의 국어 교과서에 실린 소설을 꼼꼼하게 읽은 뒤 현대소설 4편,

고전소설 2편을 선별하여 엮었습니다. 선정된 작품은 '개정 교육 과정'의 성취 기준을 염두에 두고 1부 '시점', 2부 '표현'으로 나누어 각각 3편씩 묶었습니다.

소설을 읽는 것은 무엇보다 즐거운 경험이어야 합니다. 우리가 음식을 먹을 때 그로부터 섭취할 수 있는 영양소도 중요하지만, 입으로 느낄 수 있는 맛의 즐거움을 빼놓을 수 없습니다. 이 책은 여러분에게 소설을 통해 얻을 수 있는 여러 가지 지식적인 정보 외에 소설을 읽는 즐거움을 제공할 것입니다. 물론 소설 속 이야기를 통해 상상력을 키울 수도 있고, 때로는 참신한 아이디어를 얻을 수도 있고, 다른 사람의 이야기를 통해 삶의 교훈을 얻는 뜻밖의 소득이 있을 수도 있습니다.

앞으로 여러분은 소설을 읽는 것이 어렵고 힘들다고 한 걸음 뒤로 물러서지 않았으면 합니다. 입맛을 사로잡는 맛있는 음식을 먹을 때처럼 작품의 내용을 천천히 음미해 봅시다. 작품 전체를 다 읽었다면 작품 뒤에 수록된 '활동'을 통해 작품에 대한 기본적인 내용을 파악해 보고, 자신의 경험에 적용해 보세요. 스스로 정답을 찾아가는 과정을 통해 소설을 읽는 묘미를 찾아보길 바랍니다. 이제 여러분은 소설을 읽고 감상하는 활동을 통해 인생의 즐거움을 알아갈 수도 있고, 더 깊이 생각하는 능력을 키울 수도 있고, 다른 사람의 인생을 더 쉽게 만나는 멋진 기회를 가질 수도 있을 것입니다.

2018년 12월
서덕희 최은영

차례

1부 시점

2부 표현

일러두기

1. '2015 개정 교육 과정'에 따른 중학교 검정 교과서 9종 『국어』 2-1, 2-2에 수록된 소설 중에서 6편을 가려 뽑았습니다.
2. 작품이 수록된 단행본을 원본으로 삼았습니다.
3. 표기는 원문에 충실히 따르는 것을 원칙으로 하되 맞춤법과 띄어쓰기는 최대한 현행 표기법을 따랐습니다.
4. 한자는 모두 한글로 바꾸고 꼭 필요한 경우에만 괄호 안에 넣었습니다.
5. 낱말풀이를 달았습니다.
6. 활동의 예시 답안은 창비 홈페이지(www.changbi.com)의 '자료실―어린이 청소년 자료실'에 있습니다.

1부

시점

　큰 유리창으로 테이블을 사이에 두고 젊은 남녀가 마주 앉아 있는 모습이 보입니다. 두 사람은 무슨 관계이고, 어떤 대화를 나누고 있을까요? 첫 만남에서 서로를 알아 가느라 조금은 어색한 대화를 나누는 중일까요? 오래된 연인으로 서로를 바라보며 시간을 함께하고 있는 것일까요? 그냥 단순히 사무적으로 만나 일에 관한 이야기를 나누고 있을까요? 이 장면에 대한 해석은 사람마다 다를 수 있습니다. 이는 그것을 보는 사람들의 생각이나 입장이 서로 다르기 때문입니다.

　하나의 장면에 대한 해석이 다를 수 있듯 동일한 사건이라도 이를 바라보는 사람이 누구냐에 따라 전달하는 내용이 달라집니다. 소설에서 독자에게 이야기를 들려주는 사람을 말하는 이, 즉 서술자라고 합니다. 문학 작품을 창작할 때 작가는 작품의 의미를 잘 전달하기 위해 말하는 이를 설정합니다. 서술자는 작품 안의 '나'일 수도 있고 작품 밖에 있는 사람일 수도 있습니다. 말하는 이가 누구인지, 그 태도가 어떠한지에 따라 작품의 내용과 분위기가 달라집니다. 따라서 문학 작품을 잘 이해하려면 작품에서 말하는 이의 특성과 태도를 아는 것이 중요합니다.

　1부 '시점'에는 주요섭의 「사랑손님과 어머니」, 공선옥의 「일가」, 성석제의 「내가 그린 히말라야시다 그림」을 엮었습니다. 「사랑손님과 어머니」에서는 여섯 살 난 여자아이 옥희의 눈으로 바라본 어머니와 사랑 아저씨의 모습을 살펴봅시다. 「일가」에서는 짝사랑의 열병에 사로잡힌 열여섯 살 '나'의 눈에 비친 일가 아저씨의 존재에 대해 생각해 봅시다. 「내가 그린 히말라야시다 그림」에서는 '미술 대회'를 통해 인생이 뒤바뀐 두 남녀가 번갈아 가며 서술자로 등장해 하나의 사건을 어떻게 전달하고 있는지 비교해 봅시다.

　문학 작품을 통해 다양한 시선으로 세상을 바라보는 경험은 실제 삶에서 상황을 다각도로 바라볼 수 있는 여유와 상대방의 입장을 헤아려 볼 수 있는 자세를 갖도록 도와줍니다. 소설에 담긴 흥미진진한 이야기를 통해서 자신의 삶을 되돌아보고 타인의 삶도 공감해 보도록 합시다.

일가

공선옥

공선옥

소설가. 1963년 전남 곡성에서 태어나 전남대 국문과에서 공부했다. 1991년 『창작과비평』
에 소설 「씨앗불」을 발표하며 등단해 우리 사회의 소외된 이웃에 따뜻한 관심을 표현하는 작
품을 주로 발표하였다. 청소년소설집 『나는 죽지 않겠다』를 비롯해 『피어라 수선화』 『멋진
한세상』 『명랑한 밤길』 『꽃 같은 시절』 『그 노래는 어디서 왔을까』 등을 펴냈다. 산문집으
로 『자운영 꽃밭에서 나는 울었네』 『그 밥은 어디서 왔을까』 등이 있다.

읽기 전에 ∙∙∙∙∙∙∙∙∙∙∙∙∙∙∙∙∙∙∙∙∙∙∙∙∙∙∙∙∙∙∙

오늘 여러분의 집에 손님이 오신다면 어떤 준비를 해야 할까요? 우선, 집
안 구석구석 정리 정돈을 하고, 손님에게 대접할 음식도 좀 장만해야겠지
요. 두근두근 기대감을 갖고 손님의 방문을 기다릴 때도 있고, 만사가 귀
찮은 날에는 손님의 방문이 반갑지 않을 때도 있습니다. 어느 날 갑자기
집에 먼 친척이라는 아저씨가 찾아옵니다. 아저씨가 머무는 시간이 길어
질수록 점점 식구들에게도 이상한 분위기가 감돕니다. 일가인 아저씨로
인한 엄마와 아빠의 보이지 않는 긴장과 대립, 중학생 소년의 눈으로 바라
본 작품 속 사건을 살펴보기로 해요.

그날은 봄 방학을 한 날이었다. 학교가 끝나고 여느 날과 다름없이 자전거를 타고 귀가했다. 우리 집으로 오르는 언덕길에서부터는 자전거를 타고 가기가 좀 힘들다. 내려서 자전거를 끌고 갈까 어쩔까 하다가 힘들더라도 그냥 타고 가기로 했다. 오늘은 어쩐 일인지 다른 날보다 힘이 남아도는 것 같았다. 그 이유가 무엇일까. 그것이 미옥이 때문이라고 한다면 좀 남세스러운가?* 하여간 날은 다른 날과 똑같은 날이지만 내 기분만은 특별한 날이었다. 나는 지난주 월요일에 미옥이에게 편지를 보냈었다. 내가 미옥이에게 관심이 있다는 것을 어떻게 표현해야 할지 모르겠다고 아버지에게 말했더니 아버지는 편지를 보내 보라고 했다.

"편지요? 너무 촌스럽지 않을까요?"

"그건 촌스러운 게 아니라, 오히려 정중한 거다. 봐라, 내가 너희 엄마와 결혼할 수 있었던 것도 다 편지 덕분이지."

나는 아버지 말대로 미옥이에게 정중하게 편지를 썼다. 나는 사실 겨울 방학 내내 미옥이만 생각했다. 나는 나중에 꼭 미옥

---

* 남세스럽다 남에게 놀림과 비웃음을 받을 듯하다.

이와 결혼하리라는 결심을 굳히고 또 굳혔다. 미옥이와 결혼할 수 있기 위해서는 나이를 빨리 먹어야 하는데, 이제 겨우 열여섯 살이라는 게 분하고 원통할 지경이었다. 그러나 편지에는 그런 말을 쏙 빼고 그저, 방학을 어떻게 보내고 있는지, 공부는 열심히 하고 있는지, 3학년에 올라가서는 더 열심히 공부하자는 말과 함께 편지 끝에 슬쩍 혹시 나 보고 싶은 마음은 없는지 물어보는 것으로 내 마음을 표현했다. 편지를 부치기 위해 면 소재지* 우체국으로 자전거를 타고 가면서 미옥이가 사는 동네 앞을 지날 때는 혹시 미옥이가 골목에 나와 있지는 않은지 마을 안 골목으로 들어가 괜히 맴을 돌기도 하면서 자전거 페달을 한없이 느리게 굴렸다. 그리고 어느 순간 정말 미옥이가 나타났다. 분명 미옥이였다. 미옥이는 같은 동네 애들인 아라와 보람이와 함께 어딘가를 가고 있었다. 아라가 먼저 나를 발견했다.

"야, 한희창."

나는 모른 척 그냥 페달을 밟을까 말까 하다가 마지못해 돌아보는 척, 덤덤하게 웃어 보였다.

"너 어디 가냐?"

"그냥 가던 길이야."

"근데, 왜 우리 동네는 들어와서 어정거려?"

"너희 동네 오면 안 되냐?"

---

* 면 소재지 면사무소, 파출소, 우체국 등 면의 주요 건물이나 기관 따위가 자리 잡고 있는 곳.

나는 일부러 부드럽게 물었다. 내 부드러움에 아라 목소리도 금방 순해졌다.

"아니, 뭐 꼭 그런 건 아니지만. 그래, 잘 가라."

아라 옆에서 보람이는 그냥 생글거리기만 하고 정작 미옥이는 딴 곳을 바라보고만 있었다. 바보, 내가 정말 보고 싶은 얼굴은 왜 안 보여 주는 거야. 나는 아쉬움에 발걸음이 떨어지지 않는다는 말을 실감하며 그 동네를 빠져나와 우체국으로 가는 지름길인 농로˚를 힘차게 달려 나갔다. 열이 오른 얼굴에 티끌 하나 없이 맑은 겨울바람을 맞으며 가는 길을 나는 어쩌면 평생 잊을 수 없을 것도 같았다. 솔직히 말한다면 평생 잊지 않기를 바란 것이 잊을 수 없을 것 같다는 기분으로 바뀐 것이긴 하지만 말이다.

그리고 드디어 미옥이에게서 답장을 받은 것이다. 학교에 갔는데 내 책상 서랍 속에 하얀 봉투가 들어 있어서 설마 하고 보니, 분명 '옥'이라고 쓰여 있었던 것이다. 나는 누가 볼세라 얼른 편지를 가방 안에 감추었다. 나는 편지를 뜯어보고 싶었지만 꾹 참았다. 설레는 기분을 좀 더 오래 누리고 싶어서이기도 했지만, 밤에 조용히 이불 속에서 뜯어보고 싶은 마음이 더 컸기 때문이다. 바로 이런 기분을 맛볼 수가 있어서 아버지는 내게 편지를 쓰라고 했는지도 모른다. 내가 '멋없게시리' 이메일을 썼더라면 미옥이도 답장을 이메일로 했을 것이다. 그러

˚농로 농사에 이용되는 길.

면 우리는 서로의 마음을 금방 알 수는 있어도 이렇게 설레는 기분 같은 건 느낄 수 없었겠지. 바로 이런 게 어른들이 흔히 말하는 '살맛'이 아닐까, 라고 나는 막연히 생각하며 언덕이 막 시작되는 과수원 초입*에서부터 엉덩이를 힘껏 들어 올리고 페달을 힘차게 굴렸다. 그런데,

"아아, 그 궁뎅이두 차암."

하는 말이 들려오지 않는가. 반사적으로 소리 나는 쪽을 바라보았다. 저기 과수원 한복판에서부터 나를 향해 천천히 걸어오는 한 남자가 있었다. 처음 보는 사람이었다. 아마 과수원 속에서 소변을 보고 나오는 길임이 틀림없었다. 지나가는 사람들이 갑자기 볼일을 보고 싶을 때면 꼭 우리 과수원 속으로 쑥 들어가서 일을 해결한다는 것을 나는 알고 있었다. 엄마는 그것이 아주 신경질 나 죽겠다고 했고 아빠는 싱글싱글 웃으며 사람들에게는 우리 과수원이 좋은 일 하는 거고 우리 과수원에는 사람들이 좋은 일 하는 거지 뭐, 하고 대수롭지 않게 말했다.

나는 어느 쪽이냐 하면 엄마 편에 속했다. 삭지* 않은 인분에서는 고약한 냄새가 나기 때문이다. 더구나 가지치기나, 꽃이나 열매 솎아 주기 같은 것을 할 때 발밑에서 뭔가 물커덩 밟히기라도 하는 날이면 진짜 죽을 맛이다. 그것이 무엇인 줄 뻔

• 초입 골목이나 문 따위에 들어가는 어귀.
• 삭다 물건이 오래되어 본바탕이 변하여 썩은 것처럼 되다.

히 알면서도 항상 으악 비명을 지르지 않고는 견딜 수 없이 기
분이 나빠진다. 혹시 이 사람도 저 속에서 볼일을? 나는 속으
로 '진짜 재수 없다.'라고 생각하면서 그냥 가려고 하였다. 그
런데 또,

"야야, 너 어데로 갑네?"

'어데로 갑네?'

말이 좀 이상하다. 잉? 부, 북한 사람? 가, 간첩? 어따, 뛰자
뛰어.

좀 전의 재수 없다는 생각은 온데간데없고 나는 갑자기 남자
가 왈칵 무서워졌다. 나는 휙 돌아서서 자전거 바퀴를 굴렸다.
그러자, 남자가 뒤에 서서(나에게는 틀림없이 비웃는 것으로
들렸다.) 킥킥 웃으며,

"허어, 고놈 차암."

하는 것이었다. 그 통에 오늘 특별히 좋았던 기분도 많이 사라
져 버렸다. 우리 집은 따로 대문이 없다. 그냥 밭 가운데로 난
탱자나무 오솔길을 따라 쭉 들어서면 우리 집이 나온다. 나는
자전거를 오솔길 한가운데다 팽개쳐 놓고 집 안으로 달려 들
어갔다.

"엄마아."

"엄매, 징그러운 거."

변성기가 지나서 본격적인 남자 목소리가 나기 시작하던 작
년 1학년 때부터 엄마는 내가 큰 소리를 냈다치면 대뜸 징그럽
다고 한다.

"엄마아, 우리 과수원에서 누가 나왔어. 누가 나왔단 말이야아."

"나오긴 누가 나왔다 그래? 뻘소리 말고 씻고 밥 먹자."

"아이 씨, 그게 아니고 어떤 아저씨가 우리 과수원에서 나왔다고."

"어느 집 거위가 때꽉때꽉허는 것이여?"

아닌 게 아니라 내 목소리는 거위가 꽥꽥하는 것 같다. 더구나 흥분을 해서 더 그런 면이 있을 것이다. 거위가 꽥꽥거리면 사람들에게도 시끄럽단 소리나 듣게 마련, 거위에서 사람으로 돌아가려면 나는 그저 조용히 입을 다물 수밖에. 그런데 바로 그 순간,

"실례하갔습네다."

바로 과수원의 그 사람이다.

"아악!"

나는 나도 모르게 비명을 지르고 말았다.

"첨 보는 사이도 아닌데 웬 악을 지르고 그러네?"

아저씨는 나를 향해 눈을 찡끗해 보이기까지 한다. 그때 부엌에서 밥을 차리고 있던 엄마가 내 비명 소리에 놀라 손에 반찬 그릇을 든 채로 마루에 나왔다.

"아주마니, 안녕하십네까?"

"아, 네에. 연변에서 오신 그분이신가요?"

아니, 저 이상한 말 쓰는 아저씨가 미리 연락하고 오는 우리 집 손님이었단 말인가?

"옌볜˙이라니요, 어째 한국 사람들은 중국서 왔다면 고저 다아 옌볜서 왔다고 알고 있습네까? 저는 저어 랴오닝성 다롄˙서 왔지요."

엄마는 얼굴이 벌게져 버렸다.

"아이구, 그렇다고 뭐 그렇게 부끄러워할 필요는 없습네다. 반갑습네다, 제수˙씨."

"하여간 뭐어, 어서 오세요."

"자아, 기럼 올라가겠습네다."

아저씨는 신발을 벗고 마루로 턱 올라앉는다.

엄마는 아버지가 있는 우사˙로 갔다. 나는 내 방으로 얼른 들어가 버렸다. 마루에서 아저씨가 우렁우렁한 목소리로 나를 부른다.

"야야, 내가 무섭네? 무서워할 것 없다. 나는 너의 일가˙니까니."

일가니까니? 일가니까니가 뭐람. 나는 미옥이의 편지를 뜯어보고 싶었지만 마루에 있는 '일가니까니'라는 사람이 신경이 쓰여 편지를 뜯어보지도 못하고 책상 앞에 멍하니 앉아 있었다.

"오오, 형님, 어서 오세요."

• 옌볜 연변. 중국 길림성 동부에 있는 자치주.
• 다롄 중국 랴오둥반도의 남쪽 끝에 있는 항만 도시.
• 제수 남자 형제 사이에서 동생의 아내를 이르는 말.
• 우사 외양간. 마소를 기르는 곳.
• 일가 한집안. 혈연관계가 있는 같은 집안.

"아아, 일가가 좋긴 좋구만이. 첨 보는데도 고저 피가 확 땡기는 거이."

"그러게 말입니다, 형님. 안으로 들어가시지요."

바야흐로 혈육 상봉의 감격적인 순간인가? 나가서 사진이라도 찍어 줘야 하나? 아버지와 아저씨는 방으로 들어가고 엄마는 다시 부엌으로 들어갔다. 나는 살금살금 마루를 지나 부엌으로 갔다.

"엄마, 누구예요?"

"누구긴 누구야, 일가지."

그러고 있는데 아버지가 나를 불렀다.

"창이야, 이리 들어와서 아저씨께 인사드려라."

엄마는 우리 식구만 있을 때 쓰는 도리밥상*을 접고 손님 올 때 쓰는 교자상*을 폈다. 그러면서 벌써 얼굴에 수심*이 깔리고 있었다. 엄마의 그런 얼굴을 보고 내 마음이 편할 리 없었다. 나는 떨떠름한 기분으로 방에 들어가 고개를 꾸벅 숙여 인사를 했다.

"야야, 조선 민족의 인사법이 무에 그러니. 좀 정식으로 하라우."

"요새 애들이 통 버릇이 없어서요. 뭐 하니, 정식으로 하지 않고."

---

* 도리밥상 두레밥상. 둥근 밥상.
* 교자상 음식을 차려 놓는 사각형의 큰 상.
* 수심 매우 근심함. 또는 그런 마음.

나는 무릎을 꿇고 아저씨한테 절을 했다.

"엎드려 절 받아먹기가 바로 요런 것이로구만그래, 이? 허허허."

아버지가 무슨 잘못이라도 저지른 사람처럼 안절부절못했다. 절만 하고 냉큼 일어서고 싶었지만 그러면 또 버릇없는 한국 아이라는 소리 들을까 무서워 가만히 앉아 있을 수밖에 없었다.

"이분이 누구시냐면, 내 큰아버지의 아드님이야. 나에게는 사촌 형님이 되니까 너에게는 당숙˙이시란다."

할아버지의 큰형님이 일제 시대 때 만주로 가셨는데 해방이 되고도 돌아오지 않아 소식이 끊겼다는 말을 나도 언젠가 듣긴 들었었다.

"그런데, 우리 집을 어떻게 알고 찾아오셨어요?"

인사만 하고 말 한마디 안 하고 일어서면 그것도 예의가 아닐 것 같아서 한 질문이다.

"으응, 고거이는 말이지, 우리 아버님께서 돌아가시기 전에 아버님 고향 얘기를 안 하는 날이 없었다이. 고래서 내가 내 본적지˙인 이곳 주소를 달달 외우고 있지 않았갔니."

"한국에 들어오기는 진작에 들어오셨는데, 그동안 경황˙이 없으셔서 못 오시다가 이번에 오시게 된 거야."

• 당숙 종숙. 아버지의 사촌 형제.
• 본적지 호적법에서 호적이 있는 지역을 이르던 말.
• 경황 여유나 형편.

아버지의 보충 설명이었다. 드디어 밥상이 들어왔다.

"형님 많이 드시지요."

"히야아, 고향에 오니 차암, 밥상다리 부러지갔네에! 이거이 고향의 정이라넌 거갔지? 허허허."

밥상에는 술도 올라왔다. 엄마가 지난여름에 담근 매실주였다.

"야야, 그라스 하나 가져오라우."

엄마가, 유리컵 말이야, 하고 말했다. 아저씨는 도자기로 된 조그만 술잔은 상 밑으로 싹 치워 버리고 내가 가져다준 맥주 유리컵에 넘치도록 술을 따랐다.

"자아, 동생, 이거 우리 오늘이 력사적인 형제 상봉의 날이 아니웨까. 한잔 쭉 들이키자우요."

"아이고, 형님 말씀 놓으십쇼."

그날은 아저씨의 연변 이야기, 아니 랴오닝성 이야기, 큰할아버지 이야기, 아저씨의 중국 생활 이야기, 아저씨의 외갓집 이야기, 이북에 살고 있다는 아저씨의 외삼촌 이야기, 아저씨가 한국에 들어와 산 이야기를 듣느라 온 식구가 꼼짝도 못 하고 지나가 버렸다. 아저씨는 말하자면 한국에 돈을 벌러 온 '조선족' 이주 노동자인 것이다. 술잔 비워지는 속도가 점점 빨라지면서 아저씨의 흥분 상태도 고조되고 있었다. 우사에서는 소가 밥 달라고 매애거렸다. 아버지는 안절부절못하였다. 그러나 아저씨는 아버지를 도통 놓아주려 하질 않는 것이었다. 엄마가 잠깐 "과일이라도." 하면서 일어설라치면 "과일은

무슨, 일없습네다." 하면서 극구*만류하는*통에 엄마 또한 주
저앉을 수밖에 없곤 하였다. 나는 적당한 때를 봐서 슬쩍 일어
서야지, 하고서 아저씨의 말에 귀를 기울이는 체하면서 속으
로는 계속 미옥이의 편지만 생각하고 있었다.

"창이야, 우사에 가서 소먹이 좀 주고 오너라."

아버지가 끝내 일어서지 못하고 내게 일을 시켰다. 나는 냉
큼 일어나 우사로 갔다. 이제 소먹이만 주고 나면 내 방에 들
어가 미옥이의 편지를 볼 수 있을 것이다. 우리 집 소는 모두
일곱 마리다. 다들 엉덩잇살이 투실투실하고 어깨가 떡 벌어
졌다.

내가 한참 소먹이를 주고 있는데 뒤에서 갑자기 아저씨 소리
가 났다.

"하아, 그놈들, 궁뎅이도 차암."

그것은 내가 아저씨를 처음 만났을 때 했던 말하고 똑같은
것이었다. 나는 나도 모르게 내 엉덩이 쪽으로 손이 갔다. 그
랬더니 거름 더미 쪽으로 돌아서서 소변을 보던 아저씨가 그
것은 언제 봤는지 돌아선 채로 손을 저어 보였다. 안 보고도
어떻게 내 손이 엉덩이 쪽으로 갔는지 알 수 있단 말인가. 아
저씨는 결코 기분 좋은 느낌 따위는 손톱만큼도 주지 않는 사
람이었다.

• 극구 온갖 말을 다하여.
• 만류하다 붙들고 못 하게 말리다.

어쩐 일인지 다음 날이 되어도 아저씨는 떠날 기미를 보이지 않았다. 시키지도 않았는데 아침에 일어나 아버지가 평소에 우사 입구에 걸어 놓는 아버지의 작업복을 입고서 우사로 가더니 소먹이를 준다, 바닥을 청소한다, 과수원에 거름을 낸다, 분주하게 돌아치는 것이었다. 그리고 다음 날도, 그다음 날도 아저씨는 아버지를 따라다니며 혹은 혼자서 마치 우리 집 일꾼으로 들어온 사람처럼 구는 것이었다. 밥때가 되면, 마당을 들어서며 제수씨 밥 안 줍네까? 뱃가죽이 아주 등가죽에 가 붙었습네다, 하고 우렁우렁하게 소리를 치는 것이었다.

나는 사실 우리 식구 말고 다른 사람이 오면 반갑기는 하지만 그것은 순전히 손님으로 왔을 때뿐이다. 손님으로 왔으니 금방 가야 할 사람이 몇 날 며칠을 가지 않고 아예 눌러앉아 살 기색을 보이니, 나는 답답해서 견딜 수가 없었다. 내가 답답한 것은 우리 식구만 있을 때처럼 말이나 행동이 자연스럽거나 자유롭지 못하기 때문이다. 더구나 내 말, 내 행동 하나하나에 '조선 사람의 예의범절'을 따지는 손님이니, 신경이 보통으로 쓰이는 것이 아니었다.

"아버지, 아저씨 언제 가요?"

나는 지나가는 말투로 슬쩍 아버지에게 물었다. 그랬는데,

"창이 너 이제 보니 아주 버릇없는 놈이구나. 손님이 오셨으면 계시는 동안 불편하지 않도록 잘 모실 생각만 해도 모자랄 판국에 뭐? 언제 가? 예끼, 이놈."

아버지에게는 손님에 관한 말은 아예 꺼내지 않는 게 좋을

것 같았다.

"엄마, 저 아저씨 언제 간대요?"

"낸들 아니?"

그러고 보니 엄마도 답답하기는 마찬가지인 것 같았다. 엄마를 답답하게 하는 것은 사실 내가 느끼는 답답함보다도 더 심각한 것이었다.

"원, 아무리 일가래도 저건 몰상식˚이야."

"맞아, 몰상식."

"아무리 일가래도 엄연히 손님으로 와 놓구선 날마다 술을 달래지 않나, 옷을 빨아 달래지 않나."

"맞아, 아무리 일가래도."

"야, 근데, 너 요새 뭐 하고 돌아댕기니?"

"내가 뭘요?"

"네 책상 위에 있던 웬 여학생한테서 온 편지, 내가 압수했다."

아차, 미옥이에게서 온 편지. 나는 엄마에게 조용히 말했다. 이럴 때 악을 쓰면 더 어린애 취급을 받을 것이 확실하기 때문에. 목소리가 변하고 나서 좋은 점은 바로 이럴 때다. 어린애 목소리로는 도저히 이런 '공포의 저음'이 나오지 않기 때문에.

"엄마, 그 편지 도로 저에게 주세요."

"자기한테 온 편지를 제대로 간수하지도 못하는 애한테 내

˚몰상식 상식이 전혀 없음.

가 왜 주냐?"

엄마는 편지 압수한 이유를 그런 식으로 눙치고* 있다. 내가
간수를 못 해서 압수해 간 게 아니라, 내가 공부는 안 하고 여
자애한테 신경 쓸까 봐 겁나서 그랬다고 엄마가 솔직히 말했
으면 나는 끝내 악을 쓰는 우*를 범하진 않았으리라.

"그건, 저 손님 때문이었잖아아!"

악을 써 놓고 나서 나는 내 발등을 내가 찍는 것 같은 아픔을
느꼈다.

"편지하고 손님하고 무슨 상관이야?"

"하여간, 그 편지 돌려줘요."

"싫다면?"

"왜 싫은 건데요?"

나는 될 대로 되라는 심정으로 다시 한 번 악을 꽥 쓰고 말
았다.

"너 공부에 지장 있으니까 그렇다, 왜. 이제 3학년인데, 괜히
이성 문제에 휩쓸리다 보면 바닥으로 떨어지는 거 순식간이
야. 건넛집 순길이 봐라, 약국집 애랑 사귄다고 돌아댕기다가
지난번에 성적이 꼴등이 났잖아."

"아아, 진짜."

처음에는 엄마의 솔직하지 않은 말에, 그리고 지금은 늦게야

• 눙치다 어떤 행동이나 말 따위를 문제 삼지 않고 넘기다.
• 우 어리석음.

실토하는 엄마의 이실직고*에 나는 그만 '돌아' 버릴 것만 같았다. 며칠 사이에 내 기분은 최고에서 최악으로 곤두박질치고 말았다. 나는 정신없이 안방으로 들어가 엄마가 숨긴 편지를 찾아 사방을 뒤지기 시작했다. 내 눈에는 거의 아무것도 보이지 않고 오직 미옥이의 편지만이 눈앞에 어른거렸다. 엄마가 방문 앞에서 낮고 조용히, 으르렁거리듯이 한마디를 내뱉었다.

"완전 미쳐 버렸구만."

내가 부르르 떨고 있듯이, 엄마 목소리도 왠지 떨려 나오는 것이 어쩌면 엄마도 떨고 있는지도 몰랐다. 과수원에 거름을 내고 있던 아버지가 장화를 신고 저벅저벅 마당으로 들어섰다.

"여보, 뭐 해. 술 내오잖고."

아버지는 사실 술도 못 마시면서 순전히 아저씨 때문에 술을 가지러 온 것이다.

"당신 아들 좀 보쇼. 여자애한테서 온 편지 찾는다고 눈에 불이 붙었소."

"아, 드디어 편지가 오긴 왔구나. 축하한다야."

"편지가 오면 뭐 해요. 엄마가 뺏어 가서 돌려주지 않는걸."

"뭐야? 여보, 당신 왜 그래? 창이한테 온 편지를 왜 당신이 가져?"

* 이실직고 사실 그대로 고함.

"그걸 몰라서 물어요? 지금 쟤 나이가 몇 살이야? 이제 겨우 열여섯 살짜리한테 무슨 놈의 연애편지야? 딱 사 년만 참아라. 스무 살만 되면 그때부터는 연애편지가 아니라, 누구하고 연애를 하든 결혼을 하든, 내가 간섭하지 않을 테니."

"여보, 당신 이제 보니 참 야만인이군그래. 아니, 어떻게 자식한테 온 편지를 갈취해?*"

"가, 갈취? 당신 지금 나보고 갈취했다고 했어요?"

"그럼 그것이 갈취한 것이 아니고 뭐야?"

아버지, 엄마의 언성이 점점 높아지고 있었다. 나는 그 순간 어떻게 해야 할지 알 수가 없었다. 내 문제 때문에 싸우는 것이 틀림없으니 내게도 책임이 있는 것은 분명했다. 책임 있는 사람이 할 일은 오직 하나, 이 싸움을 말려야 한다. 그러나 나는 그 순간 그냥 도망치고만 싶었다. 두 양반이 싸우든지 말든지, 나는 그냥 어디론가 사라져 버리고만 싶었다. 무엇보다도 나는 그 상황이 무서웠다. 아버지는 내 편지를 엄마가 '갈취했다'고 한 부분을 결코 취소하지 않았다. 그런데 '갈취했다'는 말이 뭐가 어쨌다고 그 말에 그렇게 엄마는 분개하는* 것일까. 나는 내 방으로 들어가 문을 잠가 버렸다. 이 싸움이 끝나더라도 당분간 집 안에는 냉기가 돌 것이다. 아버지, 엄마의 싸움이 있고 난 후면 언제나 그랬듯이. 어렸을 때는 막연히 공포스

• 갈취하다 남의 것을 강제로 빼앗다.
• 분개하다 몹시 분하게 여기다.

럽던 그 냉기가 이젠 넌더리*가 날 것이 뻔했다. 나는 이제 열여섯 살이다. 공포스러움을 그저 참고만 있어야 했던 시절은 지났다는 얘기다. 나도 이제 내 생활이 있고 내 생각이 있고 내 인격이 있다. 나는 내 생활과 내 생각과 내 인격을 존중받지는 못하더라도 무시당하며 살고 싶지는 않다. 무시당하고 살아도 그것이 무시당하는 건지 아닌지조차도 분간 못 할 나이는 아니다. 아니, 나는 언제나 분간은 했었다. 다만 힘이 없었을 뿐. 그런 생각을 하다 보면 입술이 저절로 지그시 깨물어진다. 무시당하고 있음을 알지만 내가 아직 힘이 없어서 어떻게 해 보지도 못하고 지났던 내 어린 시절이 원통하고 불쌍해서 그런 것이다.

나는 벽에 등을 기대고 가만히 있었다. 그러고 있으니 고독감이 밀려들었다. 엄마 앞에서 사춘기도 못 벗어난 아이처럼 굴 때는 언제고 또 이럴 때는 꼭 누구도 나를 책임져 줄 수가 없는, 이 세상에서 오직 나만이 나를 책임져야 하는 나이를 먹어 버린 것 같은 기분이 들었다.

엄마, 아버지의 싸움은 쉽게 끝날 것 같지 않았다. 싸움은 그놈의 '갈취했다'는 부분에 막혀서 타협점이라곤 찾을 수 없는 극한으로 치닫고 있는 형국*이었다.

"갈취라고요?"

* 넌더리 지긋지긋하게 몹시 싫은 생각.
* 형국 어떤 일이 벌어진 형편이나 국면.

"그래, 갈취."

"아니, 어떻게 '가로챘다'도 아니고 '갈취'라는 말을 나한테 할 수가 있어? 그건 그러니까 사기꾼들한테나 할 수 있는 말이지 않나? 당장 취소해요."

"갈취."

"당신, 이쯤 되면 이제 막 나가자는 거야, 뭐야?"

엄마는 언젠가 노무현 대통령이 텔레비전에서 검사들과의 대화에서 했던 말까지 인용하며 흥분을 가라앉힐 기미를 보이지 않았다. 은근히 겁이 나기 시작했다. 엄마 말대로 이쯤 되면 엄마야말로 막 나가 보자는 것일지도 모른다. 나는 슬그머니 방문을 열고 마루로 나갔다.

엄마도 엄마지만 아버지도 참 대단하긴 대단한 사람인 것 같았다. 싸움의 와중에도 직접 주전자에 매실주를 담고 냉장고에서 안주 할 만한 것을 찾다가 적당한 것이 없는지 냉장고 문을 꽝 닫고 찬장에서 멸치 한 주먹과 고추장을 꺼내 쟁반에 담아 들고 나가며 다시 한 번 쐐기를 박듯이 중얼거렸다.

"갈취."

아버지는 집으로 들어올 때 그랬던 것처럼 나갈 때도 쟁반을 들고 저벅저벅 과수원으로 나갔고 엄마는 마루에 주질러 앉아 한숨을 몰아쉬고 있었다. 말없이 한숨만 몰아쉬고 있는 엄마가 왠지 두려웠다. 나는 걸음아, 날 살려라, 하고 과수원 쪽으로 뺑소니를 쳤다. 그래야 엄마가 그때쯤, 자존심 때문에라도 꾹 참고 있었던 눈물을 마음껏 흘릴 수 있을 것이 아닌가. 누

가 보면 절대로 눈물 따위 흘리고 싶지 않은 것은 애나 어른이
나 마찬가지일 테니까.

　나는 알고 있었다. 사실 엄마, 아버지가 저렇게 대립할 수밖
에 없는 밑바닥 감정에는 분명 아저씨의 존재가 작용하고 있
다는 것을. 그러나 엄마도, 아버지도 아저씨에 대한 말은 입
끝에도 올리지 않았다. 그 이유는 아저씨가 바로 지척°에 있는
우사에서 거름을 내는 척하면서 집 안의 상황에 낱낱이 귀를
기울이고 있을지도 모르기 때문이었을 것이다.

　아버지와 아저씨는 배나무 아래서 술을 마시는 중이었다. 괜
히 어색해서 전지가위°를 들고 가지를 치는 척하면서 배나무
사이를 왔다 갔다 하는 나를 아버지가 불렀다. 나는 아버지가
부르는데도 못 들은 척했다. 실은 아버지한테 내가 보내는 모
종°의 반항의 제스처라고나 할까. 그것은 그러니까, 엄마를 지
나치게 슬프게 만든 것에 대해 아버지가 지금쯤 고통을 좀 느
껴야 하지 않겠느냐는 무언의 압력 같은 것이었다. 내 감정은
정말 나도 잘 모르겠다. 엄마가 나한테 온 편지를 가져간 것을
아버지가 '갈취'했다고 했을 때는 일면 통쾌함까지 느껴졌던
것이 사실이었다. 그런데 아버지가 끝내 그놈의 '갈취'라는 말
을 고집하는 모습은 사람을 질리게 하기에 충분했다. 내가 질
릴 정도면 엄마는 오죽했겠는가. 가만 생각해 보면 엄마, 아버

* 지척 아주 가까운 거리.
* 전지가위 가지치기할 때 사용하는 가위.
* 모종 어떠한 종류.

지의 싸움이란 게 늘 그런 식이었다. 어느 한쪽이 그냥 대충 넘어가 주면 유야무야* 끝날 수도 있는 문제를 가지고 두 양반은 그렇게 이따금 팽팽히 고집을 부리는 것이다. 그러고 나서 얼마간 냉기와 해빙* 무드와 함께 백화*가 만발했다가 다시 공포의 고집부리는 날이 그동안 깜빡 잊고 있었다는 듯이 찾아오고.

"창이야, 마침 잘 왔다. 아저씨께 술 한잔 따라 드려라."

나는 한참을 머뭇거리다가 쭈뼛쭈뼛 다가갔다.

쟁반은 좀 초라했다. 너무 오래되어서 소금기가 버석버석 올라온 멸치 한 주먹과 밥풀이 섞여 있는 지저분한 고추장 종지. 사실, 아저씨는 우리 집에 온 첫날과 그다음 날 정도만 손님 대접을 받았다. 엄마는 엄마대로 마을 부녀회에서 하는 한과 공장에 다니느라 바쁜 몸이긴 했다. 손님도 하루 이틀이지 날마다 손님 대접할 수는 없는 처지였던 것이다. 그래도 멸치 안주만 달랑 놓인 쟁반이 좀 민망하긴 했다. 나는 술을 따랐다. 아저씨가 술을 들이켜고 나서 말했다.

"캬아, 조카가 따라 준 술이 역시 최고구만. 조카도 한잔하 겄네?"

그러더니 사이가 벌어진 커다란 앞니를 드러내 보이며 나를 향해 벌쭉 웃는 것이었다.

• 유야무야 있는 듯 없는 듯 흐지부지함.
• 해빙 얼음이 녹아 풀림. 서로 대립 중이던 세력 사이의 긴장이 완화됨을 비유적으로 이르는 말.
• 백화 온갖 꽃.

'거참, 속도 편하십네다.'

내가 속으로 무슨 말을 했는지도 모르는 아저씨가 내게 술을 주었다. 아버지도 아저씨가 주시는 것이니 받으라고 했다. 정직하게 말한다면, 술을 처음 먹어 보는 것은 아니었다. 지난봄 수학여행 때 아이들하고 여관방에서 선생님 몰래 맥주를 마셔 본 적이 있었다. 내가 막 아저씨의 술잔을 받는 순간, 엄마가 부르는 소리가 났다.

엄마도 분명 아저씨가 나에게 술을 준 것을 보았을 것이다. 그러나 엄마는 아무 말도 않고 조용히 편지를 내밀었다.

"내가 니 편지를 갈취했다면 정말 미안하구나."

나는 그저 편지가 되돌아온 것만이 황송해서, '아니에요, 어머니.' 소리가 절로 나올 뻔했다.

"오늘은 미안하지만 네가 저녁 준비를 해야겠다."

"어디 가시게요?"

엄마는 말없이 집을 나갔다. 탱자나무 울타리를 돌아 나가는 엄마의 뒷모습은 결코 쓸쓸한 분위기는 아니었다. 그런데 엄마의 그 '결코 쓸쓸하지도 않은' 뒷모습이 왜 그리도 내 마음을 아프게 하는지 알 수 없었다.

엄마는 이튿날도, 그 이튿날도 돌아오지 않았다. 전에 없던 일이었다. 전에는 아버지하고 싸워서 나갔든 그냥 나갔든, 꼭 하루면 돌아오곤 했던 것이다. 그리고 엄마가 집을 나가 간 곳이 어딘지도 아버지나 나나 알 수 있었다. 그곳은 고모 집이거나 내가 이모라고 부르는 엄마의 친구 집이었다. 이번에도 둘 중 한 곳에 갔겠거니, 하고 아버지나 나나 안심하고 엄마가 돌아오길 기다리며 남자 셋이서 밥을 해 먹고 낮에는 일을 하고 밤에는 텔레비전을 보다가 잠을 잤다. 밥하는 것은 주로 내가 하고 국은 아버지가 끓이고 반찬은 그냥 있는 대로 먹었다. 아저씨는 여전히 밥 먹을 때도 술 한 잔, 일할 때도 술 한 잔, 쉴 참에도 술 한 잔, 하루에 매실주 석 잔 이상을 마셨다.

"나 때문에 제수씨가 집을 나간 게라면 정말 동생한테 미안하오."

"아이고 형님, 그게 무슨 말씀이십니까. 그건 전혀 그렇지 않습니다. 부부가 살다 보면 부부 싸움이란 것도 가끔 하게 되는 거고 애 엄마가 집을 나간 것도 결코 형님 때문이 아니라……."

"참말 미안하오, 동생."

"형님 자꾸 그러시면 제가 들 낯이 없습니다."

"하아, 내가 죄인이오."

"아니라니까요, 형님."

자기가 죄인이라고 하는 아저씨도 힘들고 그것이 아니라고 하는 아버지도 참 견디기 힘든 상황임에 틀림없었다. 그러나 무엇보다 힘든 사람은 바로 나였다. 나로 말할 것 같으면 미옥이에게서 내 의지, 내 감정과는 상관없이 끝종 선고를 받은 참이었기 때문이다. 모든 것은 엄마의 소원대로 되어 가는 셈이었다. 엄마가 집을 나가는 강수*를 써야만 아버지가 아버지의 중국 형님을 이제 그만 내보낼 것이라고 계산했을 것이다. 또한 내 편지는 이미 시효*가 지난 편지임을 확인하고 돌려준 것임이 틀림없었다. 미옥이는 그 편지에 썼던 것이다. 네가 정말 나를 좋아한다면 오늘 학교 끝나고 교회 뒤 느티나무 밑으로 와. 그러면 네 마음을 받아 줄게. 오늘도 안 나온다면 너완 이제 끝종이야. 그러나 '오늘'은 이미 한참이나 지난 뒤다. 끝종은 나도 모르게 울려 버렸다.

그러나, 정말 그런 것인가. 생각해 보면 엄마는 사실 아저씨한테 그렇게 많은 불만을 가졌던 것은 아니었던 것도 같다. 아버지와 싸울 때도 아저씨에 관한 말은 한마디도 안 하지 않았나. 아저씨라는 존재가 엄마, 아버지의 싸움에 영향을 미친다고 여겼던 것은 순전히 나 혼자만의 생각이었을 수도 있었다. 그리고 엄마가 정말 내 편지를 뜯어보지 않았을 수도 있지 않은가. 유효 기간이 끝난 줄은 모르고, 그저 엄마가 잘못했다 싶어 돌려준 것인지도 모른다. 그런 생각을 하고 있자니, 엄마 없는 집 안이 사람 사는 집 같지가 않았다. 엄마가 집을 나간 지 사흘째 되는 날 밤에는 하도 잠이 안 와서 어둠 속에서 벽에 등을 기대고 앉아 있는데 눈물 한 줄기가 주르르 볼을 타고 흘러내렸다. 이제 나는 누구와의 결혼을 꿈꿀 수 있을까, 미옥이가 없는 빈자리를 채워 줄 여자애는 도무지 떠오르지 않았

• 강수 무리함을 무릅쓴 강력한 방법.
• 시효 효과나 권리 같은 것이 유지되는 동안.

다. 막막하기 짝이 없었다.

휴우, 한숨 소리가 절로 나왔다. 그런데 내 한숨 소리가 끝났는데도 어디선가 또 하나의 한숨 소리가 들려오는 것이었다. 마치 내 한숨 소리가 밖으로 나가 저 혼자 살아 있는 것처럼 말이다. 방문을 왈칵 열었다. 마루에 아저씨가 앉아 있었다.

"아직 안 자네? 아직 안 자면 이리 오라."

내키진 않았지만 '조선의 예의범절'로 인하여 안 나갈 수는 없었다.

"참으로, 영화 「림해설원」*의 한 풍경이로구나야."

마루에서 내려다보이는 과수원 가득히 하얀 달빛이 쏟아져 내리고 있었다.

"저기 한가운데 무투팡자* 한 채 짓고 내 평생 살았으면 좋갔구나야."

안방에서는 아버지의 코 고는 소리가 들려왔다. 림해설원이니, 무투팡자니, 나는 그저 그런 영화가 있는가 부다, 그런 집이 있는가 부다, 짐작만 할 뿐이다.

"우리 외할아부지가 동북 지방 최고의 포수*였넌덴, 너 고거 알간? 한번 산에 들어가면 열흘이고 보름이고 산에서 묵어 오는데 내려올 때는 포획한 사냥물을 한 짐씩 메고 와서는 온 동

• 「림해설원」 린하이쒜위안(林海雪原). 군인 이야기를 다룬 중국 영화(1968)로, 제목의 뜻은 '바다처럼 펼쳐진 큰 숲과 눈 덮인 벌판'.
• 무투팡자 통나무로 만든 집.
• 포수 총으로 짐승을 잡는 사냥꾼.

네 사람들한테 나눠 줘 버리군 하셨데누나야."

나는 졸음이 쏟아지기 시작하는 걸 억지로 참고 아저씨 말을 들었다.

"우리 외삼춘은 말이지 함자˚가 영 자 봉 자야, 영봉이 삼춘이 신의주 어데 살고 있지 않간? 왜 그케 됐냐 하면은, 그때 내 막내 이모가 먹을 게 없어 죽지 않았간? 바람벽 흙을 파먹다 말이지. 그래 외삼춘이 분연히 떨쳐 일나 말하길, 누이 난 여기서 더는 못 살겠소, 나는 강 건너로 갑네다, 하구선 떠났단 말이지. 내 한국 오기 전 북선˚이 아주 곤란을 겪고 있을 적인데, 단둥˚에서 외삼춘을 만났지 않았갔어? 아주 기적이었지. 수십 차례 보낸 편지 중에 한 편지가 드디어 외삼춘한테 닿았던 거야. 아, 우리 외삼춘두 차암."

나는 눈을 떴다 감았다 했다. 아저씨가 아, 우리 외삼춘두 차암, 하는 소리에 눈이 번쩍 떠졌다. 문득, 아저씨가 내게 처음 했던 말, 그놈 궁뎅이도 차암, 하는 소리와 비슷한 느낌 때문이었을 것이다.

나는 속으로 말했다.

'거, 아저씨도 차암.'

그러고 나서 나는 깜빡 잠이 들어 버렸다. 아침에 눈을 떠 보니, 부엌에서 낯익은 소리가 났다. 똑같이 달그락거려도 어쩐

• 함자 남의 이름자를 높여 이르는 말.
• 북선 북조선. 곧 북한을 가리키는 말.
• 단둥 중국 랴오둥반도에 있는 도시.

일가 – 공선옥 • 39

지 부드러운 달그락거림. 그것은 바로 엄마가 왔다는 소리였다. 나는 부엌문을 열고 슬며시 부엌 안을 들여다보았다. 피차 쑥스러워 말은 할 수 없었지만 그래도 엄마가 돌아왔으니, 행복한 아침인 것은 틀림없었다. 마침 아버지가 아침 일을 마치고 마당으로 들어서며,

"형님도 차암."

하는 것이었다. 아저씨와 며칠 살더니 아버지도 아저씨 말투를 닮아 가는 모양이었다.

"왜요, 아버지?"

"아, 글쎄, 가실 거면 정식으로 아침이라도 드시고 갈 일이지, 부득불°새벽차를 타야 한다고 하구서 결국 떠나셨잖니."

"아저씨 가셨다구요?"

"그렇잖구."

나는 엄마를 돌아보았다. 시원한 표정일까, 섭섭한 표정일까가 궁금해서는 결코 아니었다. 단지 그냥 얼떨떨한 기분에 그런 것일 뿐.

"그러게 말예요. 내가 막 역에 들어서니까 시숙°님이 개찰구를 빠져나가고 있지 뭐예요. 시숙님도 차암."

엄마는 기차를 타고 어디를 갔다 왔던 것일까. 궁금하긴 했지만 나는 엄마에게 끝내 아무것도 묻지 않았다. 물으면 피차

• 부득불 하지 아니할 수 없어.
• 시숙 남편과 항렬이 같은 사람 가운데 남편보다 나이가 많은 사람을 이르는 말.

쑥스러울 것 아닌가.

　나는 이제 곧 고등학생이 된다. 중학교 삼 년을 돌아본다. 그 중에 잊을 수 없는 사람이나 사건이 무엇일까. 벽에 등을 기대고 생각해 본다. 사람이라면 단연코 미옥이가 떠오른다. 나는 언젠가 미옥이 때문에 지금처럼 벽에 등을 기대고 앉아서 굵은 눈물을 흘린 적이 있다. 나는 그것을 아직 똑똑히 기억하고 있다. 그런데 참 이상하다. 똑같이 미옥이를 생각하는데도 지금은 왜 눈물이 나지 않는 걸까. 내가 큰 것일까? 아니면 내가 마음이 변한 것일까. 아니면……. 알 수 없는 일이다. 아버지 말씀마따나 알려고 하지 않아도 언젠간 저절로 알게 되는 날이 올 것이다. 사건이라면? 물론 부부 싸움으로 인한 어머니의 가출 건일 것이다. 그때, 일가라는 사람이 있었지. 중국에서 온 아저씨, 나의 당숙. 나는 왜 그를 까맣게 잊고 있었던 것일까. 그러나 나는 맹세코 아저씨를 한 번도 잊은 적이 없다. 내가 아저씨를 잊었다면 지금 이 순간 왜 그를 생각하고 눈물이 난단 말인가.

　아침에 밥을 먹으면서 나는 아버지한테 물었다.

　"아버지, 그 일가라는 분요."

　"누구?"

　"아니, 아버지도 잊으셨어요?"

　"아, 그 형님 말이야?"

　"네. 지금도 연락하시나요?"

"글쎄다. 워낙에 형님들이 많아서 말이지."

"그런데, 아버지, 정말 그분이 아버지 사촌 형님이 맞아요?"

"이 세상에 사촌 아닌 사람이 어디 있니?"

갈수록 오리무중*이었다. 그런데 나야말로 왜 새삼스럽게 그 아저씨를 궁금해하는 것일까. 내가 정말 크기는 큰 것일까? 이제야말로 누군가에 대해서 알고 싶어 하는 것을 보니 말이다. 국어 선생님이 그랬다.

"내가 내 외로움 때문에 울 때는 아직 그가 덜 컸다는 증거고 나와 상관없는 남의 외로움 때문에 울 수 있다면 이미 그가 다 컸다는 것을 의미한다. 그는 이제 더 이상 어린애가 아니다."

선생님이 그 말을 할 때는 무슨 뜻인 줄 정말 몰랐다. 그러나 나는 어둠 속에서 벽에 등을 기대고 앉아 있을 때 알게 되었다. 작년 이맘때 나는 미옥이 때문에 울었다. 그러나 지금 나는 나의 일가, 나의 당숙 때문에 울고 있는 나를 종종 발견하게 된다. 미옥이를 생각하며 울 때는 미옥이가 내 마음을 알아주지 않은 게 원통해서 울었던 것임을 나는 알고 있다. 그런데 지금 이 눈물은 왜 나오는 것일까. 이것도 나중에 저절로 알아지는 눈물일까. 그것은 아직 알 수 없었다. 다만, 한 가지 내가 알 수 있는 것은 어떤 한 사람의 외로움이 이제사 내게로 전해

• 오리무중 오 리나 되는 짙은 안개 속에 있다는 뜻으로, 무슨 일에 대하여 방향이나 갈피를 잡을 수 없음을 이르는 말.

져 왔다는 것뿐. 나는 이제 열일곱 살이다. 더 이상 어린애가
아닌 것이다.

1 다음은 '나'의 시선으로 바라본 사건들이다. 이를 바탕으로 이 소설의 줄거리를 파악해 보자.

사건 1. 드디어 미옥이에게서 답장을 받다

- 나는 미옥이에게 답장을 받았으나 일가라는 아저씨의 방문으로 (　　　)을/를 뜯어보지 못함.
- 책상 위에 놓아둔 편지를 (　　　)이/가 압수함.
- 나중에 엄마가 편지를 돌려줬으나 그 편지는 이미 시효가 지나 미옥이와의 (　　　)이/가 끝남.

사건 2. 일가인 아저씨의 등장으로 문제가 시작되다

- (　　　)에서 당숙 아저씨가 옴.
- 아저씨가 떠날 기미가 없이 우리 집 일꾼처럼 지냄.
- 나는 아저씨가 오래 머무는 것이 불만스러움.
- 편지를 압수한 일로 (　　　)과/와 (　　　)이/가 크게 싸웠지만, 나는 근본적인 원인은 (　　　) 때문이라고 생각함.

사건 3. 엄마 vs 아버지

- 편지를 압수한 엄마에게 아버지가 '(　　　)'라는 단어를 사용하여 엄마와 아버지가 크게 다툼.
- (　　　)이/가 집을 나가 며칠 동안 돌아오지 않음.
- 일가인 아저씨가 새벽에 (　　　).
- 엄마가 집으로 돌아옴.

2 다음은 '나'의 관점에서 엄마가 집을 나간 상황을 이야기하고 있다. 다른 인물들의 심리를 상상해 보자.

> 자기가 죄인이라고 하는 아저씨도 힘들고 아니라고 하는 아버지도 참 견디기 힘든 상황임에 틀림없었다. 그러나 무엇보다 힘든 사람은 바로 나였다. 나로 말할 것 같으면 미옥이에게서 내 의지, 내 감정과는 상관없는 끝종 선고를 받은 참이었기 때문이다. 모든 것은 엄마의 소원대로 되어 가는 셈이었다. 엄마가 집을 나가는 강수를 써야만 아버지가 아버지의 중국 형님을 이제 그만 내보낼 것이라고 계산했을 것이다.

엄마	
아버지	아니, 열여섯 아들놈이 연애도 할 수 있지. 편지까지 압수할 건 또 뭐야. 그래, '갈취'라는 말은 내가 좀 심했다고 쳐. 그래도 말실수 좀 했다고 형님도 계신데 집을 나가다니. 민망해서 고개를 들 수가 없군.
아저씨	

3 다음은 '나'의 국어 선생님이 들려준 말이다. 이를 통해 열여섯 살의 '나'와 열일곱 살의 '나'가 어떻게 달라졌는지 이야기해 보자.

> "내가 내 외로움 때문에 울 때는 아직 그가 덜 컸다는 증거고 나와 상관없는 남의 외로움 때문에 울 수 있다면 그가 다 컸다는 것을 의미한다. 그는 더 이상 어린애가 아니다."

열여섯 살 '나'	열일곱 살 '나'
• 내 외로움 때문에 울다. • 미옥이가 내 마음을 알아주지 않은 것이 원통해서 울다. • 아저씨의 삶을 이해하지 못한다.	

4 「일가」의 바탕글을 활용하여 낱말 퍼즐을 풀어 보자.

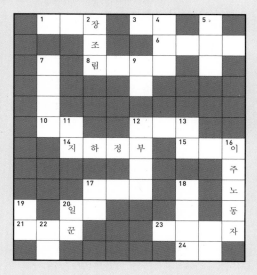

<〈가로 열쇠〉>

1. 아버지가 안주로 멸치와 이것을 챙겨 나감.
3. 어머니는 ○○ 공장에 다님. 제사상에 오르는 과자.
6. '나'는 ○○○○ 가서 여관방에서 맥주를 먹어 봄.
8. 아저씨가 언급한 중국 영화 제목.
10. 떡살로 눌러 모나거나 둥글게 만든 떡.
12. 아저씨는 ○○○ 새벽차를 타야 한다며 떠남. '하지 않을 수 없어'의 뜻.
14. 합법적인 정부를 부인하는 비밀 정부.
15. '나'가 짝사랑한 여학생.
17. 내 ○○○이 아니라 남의 ○○○ 때문에 울 수 있다면 이미 그가 다 컸다는 것이다.
20. 한집안
21. 어머니는 ○○○들한테나 하는 말을 아버지가 했기 때문에 화가 남.
23. 통나무로 만든 집. 아저씨는 이것을 짓고 싶어 함.
24. 아버지가 어머니를 몹시 화나게 만든 말.

<〈세로 열쇠〉>

2. 간장에 조린 반찬.
4. '나'가 아저씨를 처음 만난 곳은 우리 ○○○.
5. 어머니의 가출 사건 당시 '나'의 나이.
7. 조선의 ○○○○을 따지는 아저씨 때문에 '나'의 행동이 불편함.
9. '나'가 미옥의 답장을 곧장 뜯어보지 않은 까닭은 ○○을 더 오래 누리고 싶어서였다.
11. '나'가 짝사랑하는 여학생에게 마음을 담아 보낸 것.
12. 아버지와 ○○○○을 한 후 어머니가 집을 나감.
13. 아름답지 못하고 추잡함.
16. 아저씨는 중국에서 온 ○○○○○.
17. 어머니의 친정.
18. 유럽 남부에 위치한 국가. 수도는 리스본.
19. 외양간
20. 아저씨는 손님이 아니고 ○○처럼 아버지를 도와 일을 함.
22. 가출했던 어머니는 ○○를 타고 돌아옴.

내가 그린 히말라야시다 그림

성석제

성석제

소설가. 1960년 경북 상주에서 태어나 연세대 법학과를 졸업했다. 1994년 소설집 『그곳에는 어처구니들이 산다』를 펴내면서 소설을 쓰기 시작했다. 지은 책으로 소설집 『황만근은 이렇게 말했다』 『내 인생의 마지막 4.5초』 『어머님이 들려주시던 노래』, 장편소설 『왕을 찾아서』 『인간의 힘』 『투명인간』, 산문집 『소풍』 『농담하는 카메라』 『칼과 황홀』 『꾸들꾸들 물고기 씨, 어딜 가시나』 등이 있다.

읽기 전에 ·····················

사물을 어느 위치에서 바라보고 그리느냐에 따라 전혀 다른 그림이 나올 수 있습니다. 똑같은 상황에 대해 누가 어떻게 이야기를 전달하는가에 따라서도 전혀 다른 이야기가 탄생할 수 있습니다. 여기 히말라야시다 그림을 그린 두 명의 '나'가 있고 그들은 '말할 수 있었지만 말하지 않은' 하나의 사건에 대해 번갈아 가며 이야기를 들려줍니다. 도대체 그 두 명의 '나'에겐 무슨 일이 일어났던 걸까요? 그들의 이야기를 따라가며 사건의 퍼즐 조각을 찬찬히 맞춰 보도록 해요.

0

그때 말해야 했을까? 아니, 모르겠어. 다시 그때가 된다면 내 입으로 말할 수 있을까. 아니 그것도 몰라. 내가 아는 건 내가 말할 수 있었지만 말하지 않은 그 일 때문에 내 삶이 달라졌다는 거야. 그래, 달라졌어. 그 일이 아니었다면 나는 다른 직업을 가졌겠지. 남을 속이는 교활한 장사꾼? 명령에 충실하게 따르는 군인? 뭘 했을지는 몰라도 지금처럼 그림을 그리고 있지는 않겠지.

그 일이 일어난 건 내 탓이 아냐. 그건 확실히 그렇다고 말할 수 있어. 우연이야. 아니 누군가의 실수지. 내 실수는 아니라구.

나는 그림에 천재적인 재능이 있어. 겉으로 보면 그래. 지금 내가 그린 그림이 우리나라에서 가장 유명한 화랑의 벽을 장식하고 값비싸게 팔리고 있는 것만 봐도. 이런 척도*를 속물적*이

• 척도 평가하거나 측정할 때 근거로 삼는 기준.
• 속물적 교양이 없거나 식견이 좁고 세속적인 일에만 신경을 쓰는.

라고 해도 할 수 없어. 사실이 그러니까. 내가 재능이 없으면 내 그림을 산 사람들이 엄청나게 손해를 보게 되겠지. 그러니까 아무도 의심하지 않아.

나 혼자 내 재능을 의심하지. 나를 의심해 왔지. 그날 그 일이 있은 뒤부터. 혼자서만, 조용히, 아무도 모르게, 그 누구도, 나를 미술의 길에 들어서게 한 아버지도 모르게, 만난 이후 수십 년 동안 내가 그림을 그릴 때마다 격려하고 내가 벽에 막혀 더 나가지 못하고 서성거리거나 좌절할 때마다 나를 위로해 준 내 아내도 모르게. 내게 이런저런 상을 안겨 준 평론가들, 원로들, 스승들이라고 알 수 있었겠어? 나는 이런 내 마음속을 들키지 않으려고 무진 애를 썼지. 내가 타고난 재능을 한 번도 의심해 본 적이 없는 것처럼 말하고 다녔지. 고개를 쳐들고 상대의 눈을 쏘아보며.

생각해 봐야겠어. 왜 그 일이 생겨났는지. 그 일은, 그 사건의 싹은 초등학교 3학년 때 자라기 시작했어. 그래, 천수기 선생님. 천 선생님이 내 담임 선생님이 되면서부터야. 선생님은 아버지의 초등학교 동창이었어. 졸업생이 스무 명도 안 되는 학교의 동창. 두 사람은 그 졸업생 중에서도 가장 친한 친구였지. 한 사람은 교사가 되었지만 한 사람은 그렇게 되고 싶어 하던 화가가 못 되고 농사를 짓는 사람이 되었어. 졸업한 이후 각자 서른 살이 되기까지 만나지 못했지만 서로를 잊지 않고 있었지.

아버지는 염소를 팔러 나갔다가 장터에서 선생님과 마주쳤어. 두 사람은 십수 년 만에 만난 어린 시절 친구를 금방 알아보지는 못했어. 선생님은 밀짚모자를 쓰고 흙탕물이 튄 옷을 입은 농부에게서 어린 시절 친구의 모습을 떠올리면서 그의 행동을 유심히 바라보고 있었지. 선생님이 지켜보는 동안 아버지의 염소가 팔렸고 아버지는 돈을 손에 든 채 읍내에 하나밖에 없는 화방으로 갔다지. 그걸 보고 선생님은 아버지가 어린 시절 친구라는 걸 확신했지. 군 전체 인구가 20만 명, 읍내에 사는 인구가 5만 명 정도밖에 안 되는 작은 도시에서 화방까지 가서 그림 재료를 살 사람은 흔치 않았지. 미술 선생님이라면 그럴 수도 있겠지만 아버지는 장화를 신고 염소의 목에 달려 있던 방울을 손에 쥔 농부였어. 선생님은 아버지를 뒤따라 화방 안으로 들어갔고, 두 사람은 거기서 서로에게 남아 있는 어릴 때의 옛 모습을 찾아냈지. 다가서서 손을 맞잡았어.

"자네는 어릴 적에 공부를 그리 잘하더니만 결국 아이들 공부를 가르치는 선생님이 되었군. 양복과 자전거가 잘 어울려. 어디 사는가?"

선생님이 근무하는 초등학교 근처에 산다고 말하고는 아버지에게 아직도 그림을 그리느냐고 물었어.

"어, 내 아들놈이 지금 열 살이야. 난 아버님의 유언 때문에 그림을 포기한 대신 장가는 일찍 갔다네. 그 애가 그림에 재능이 있는지는 모르겠지만, 내가 그래도 한때 그림을 좀 그렸던 사람으로서 재료는 좋은 걸 써야겠기에 우리 형편에는 좀 과분하지만 이리로 온 걸세."

아버지는 화방에서 권하는 크레파스와 스케치북을 집어 들었어. 선생님은 아들이 어느 학교에 다니느냐고 물었어. 아버지는 내가 다니는 학교를 말했고 그 학교는 바로 선생님이 막 전근 온 학교였어. 선생님은 마침 3학년 담임을 맡은 터였지.

"그럼 자네 아들 이름이?"

"선규일세. 백선규."

선생님은 소리 내어 웃었지. 선생님 반에 우연히 내가 있었기 때문에. 이 우연 때문에 내 인생이 달라진 걸까. 아니야. 자신이 담임을 맡은 반에 친구의 아들이 있다는 게 흔한 일은 아니라도 있을 수 있는 일이지. 문제는 그다음이야. 그날 저녁 집에 온 아버지는 내게 말했어.

"읍에서 네 담임 선생님을 만났다. 그 사람이 아버지의 친구더라. 그렇다고 너를 다른 아이들보다 잘 봐줄 거라고 생각하지는 마라. 오히려 이 아비의 얼굴에 먹칠을 하지 않으려면 다른 아이들보다 훨씬 더 노력해야 한다."

다음 날 아침, 조회가 끝난 뒤에 선생님이 나를 부르고는 복도에 세워 놓은 채 말했어.

"네 아버지가 내 친구라는 걸 들었겠지? 그렇지만 선생님은 친구의 아들이라고 봐주지는 않는다. 뭐든지 더 열심히 해야해. 알았느냐?"

나는 두 사람 모두에게 고개를 끄덕이며 "예." 하고 대답했지만 두 사람의 마음에 들기 위해 뭘 어떻게 해야 할 줄은 몰랐어. 내가 그때 하고 싶은 건 딱 한 가지, 공을 차는 거였어.

나는 축구를 좋아했어. 아이들과 공을 차며 날이 어두워질 때까지 운동장에서 놀다가 집까지 십 리나 되는 길을 여우를 만날까 도깨비를 만날까 무서워하며 달려가는 일이 거의 매일 반복되고 있었어.

1

 난 그림을 좋아해. 오늘도 미술관에 나와서 전시된 그림을 보았어. 유명한 전시회가 열리는 미술관이나 박물관은 어쩌다 한 번 가지만 일주일에 한두 번은 화랑과 작은 미술관이 즐비한 거리를 돌아다니지. 걷고 또 걸으며 돌아다니다 눈과 다리가 아프면 찻집 '고갱과 고흐'로 가곤 해. 여기서 따뜻한 커피를 마시면서 창문 밖으로 걸어가는 사람들의 옷차림과 얼굴빛과 하늘의 색깔을 비교해 보지. 사람의 배경이 되는 나무줄기의 빛깔과 나뭇잎을 흔드는 바람에서 무슨 느낌을 얻기도 해.
 바람을 그릴 수 있을까? 바람은 보이지 않아서 그릴 수 없어. 하지만 바람 때문에 휘어지는 나뭇가지, 바람에 뒤집히는 우산을 통해 바람을 표현할 수는 있어. 그런 일이 그림이 할 수 있는 영역이라고 나는 생각하곤 해. 그림에 대한 정의라고 할 수는 없지만, 나는 학자도 비평가도 화가도 아니니까, 그냥 그림을 좋아하고 좋은 그림을 바라보고 있으면 기분이 좋아지는 애호가로서 내 마음대로 생각할 거야.

물론 진짜 예술가라면 이 세상에 존재하는 모든 것을 표현할 수 있겠지. 바람도 붙들어서 화폭 안에 고정시키고 구름도 악보 안에 잡아 놓고. 시간도 그렇게 하는 거지. 시간, 시간도 무대와 음악과 화폭 속에 붙들어 영원하게 만들겠지. 좋은 그림을 보고 있으면 시간 가는 줄 몰라. 화가는 가는 시간을 화폭에 담아서 잡아 놓고 다른 사람의 시간은 마냥 흘러가도 모른 척하는 사람일까? 그럴지도 몰라. 내가 아는 사람이라면, 그렇게 하고도 시치미를 뚝 떼고 "난 잘못한 거 없소." 할 인물이지. 그 사람, 백선규. 나와 같은 고향 출신이고, 같은 초등학교를 나왔는데 어릴 때부터 상이란 상은 다 받고 다니더니 자라서도 한국을 대표하는 화가가 됐어.

'고갱과 고흐'에도 백선규의 작품이 걸려 있지. 진품은 아니고 몇 년 전 어느 대기업의 달력에 인쇄된 그림을 오려서 액자에 넣은 거지. 그 사람 작품, 저만한 크기에 진품이라면 몇천만 원을 할지 몰라. 그런 작품이 이런 가게 벽에 걸려 있다가 누군가 재채기를 하는 바람에 콧물이 튀기라도 한다면 어떻게 해. 누가 코딱지를 문질러 붙이면 어떻게 하겠느냐고. 그 사람 작품은 몽땅, 작업실 바깥으로 나오는 대로 특수하게 설계된 수장고로 모셔지고 그 안에서 적당한 온도와 습도가 유지되는 가운데 편안히 잠들어 있게 된다지, 아마.

인쇄된 작품이라도 얼마나 정확하게 그린 선인지 보여. 악마가 그려 준 것처럼 동그랗고 선명한 저 원. 원과 원을 연결하는 실낱같은 저 선. 더없이 흰 바탕, 너무나 희어서 마치 없는 듯한 바탕. 흰 눈보다 더 희고 흰 구름보다 더 희고 흰 거품보다 더 흰 저 흰색. 영혼을 팔아서 그 대가로 도깨비가 가져다준 물감을 쓰는 것일까. 그 사람은 어떻게 저 흰색을 만들어내는지 말하지 않았지. 원과 선을 그리는 저 검은색은 또 얼마나 검은지. 물감의 검은색보다 검고 숯보다 더 검고 천진무구한 소녀의 눈동자보다 더 검은 저 검은색. 천년 묵은 구미호가 그에게 검정 물감을 가져다주는 것일까. 그는 말한 적이 없어. 그에게는 비밀이 많아 보여.

세상에서 가장 검은 검은색과 세상에서 가장 흰 흰색이 만나, 그의 그림은 보석처럼 벽을 빛나게 하지. 저런 게 예술이 아닐까. 인쇄된 작품이라도 그렇게 보이니 진품은 정말 어떨지 상상이 안 가. 진품이 생산되고 있는 작업실은 아마도 무균실 같을 거야.

0

내 어린 시절 고향 읍내에서는 5월이면 온 군민이 모두 참여하는 군민 체전이 열렸지. 공설 운동장 주변에는 임시로 장터가 만들어지고 사방이 잔칫집처럼 떠들썩하지. 풍선이 하늘로 날아오르고 솜사탕 만드는 자전거 바퀴가 윙윙 돌고 어디선가 브라스 밴드˚의 연주 소리가 쿵쾅쿵쾅 울려 나오고 있어. 브라스 밴드의 연주는 어쩌면 우리들 가슴속에서 대회 기간 내내 울려 퍼지는지도 몰라.

공설 운동장 안에서는 예선을 거쳐 올라온 선수와 팀 들이 경기를 벌여서 우승자를 가리지. 그렇게 사흘 동안 경기가 벌어지고 내가 좋아하는 축구 결승전은 체육 대회 마지막 날, 토요일 오전에 열렸어. 운동장 곁을 지날 때 사람들의 함성만 들어도 내 가슴이 쿵쾅쿵쾅 뛰었지. 내 발은 스펀지가 들어간 듯이 푹신거리고 어서 달려가서 경기하는 걸 보고 싶다는 마음으로 주먹을 꼭 쥔 손바닥이 아팠지.

하지만 초등학교 3학년이던 해 나는 거기에 갈 수 없었어. 선생님이 가지 못하게 했기 때문이지. 내가 축구를 얼마나 좋아하는지 모르니까 그랬겠지만. 몰라서 잘못한 게 잘한 게 되지는 않아. 그 축구 경기를 못 봐서 얼마나 가슴이 찢어질 것 같았는지, 지금도 그 느낌이 생생해. 내가 그걸 얼마나 기다렸는데. 그때 우리 집에는 텔레비전도 없었고 영화를 보러 손을 잡고 극장에 가자는 사람도 없었어. 라디오에서 농촌의 어느 군민 체전 축구 경기를 중계하는 것도 아니었어. 그때 축구 결승전은 한번 보지 않으면 영원히 못 보는, 세상에 단 하나밖에 없는, 단 한 번밖에 상영하지 않는 영화 같은 거였어. 그런데 선생님이 그걸 볼 기회를 빼앗아 간 거야.

"넌 이번에 군 학예 대회 초등부 사생 대표로 나가야 한다. 반에서 두 명씩 나가서 학교를 대표하는 거다."

• 브라스 밴드 금관 악기를 중심으로 편성된 악대. 관악대.

군민 체육 대회가 있는 그 주간에 군 전체의 초중고 학생들이 참가하는 학예 대회가 열리고 그 안에 사생(그림) 경연 대회가 있는 건 맞아. 일 년 중 가장 큰 문예 행사여서 교장 선생님부터 좋은 성적을 낼 수 있게 조바심을 내며 닦달을 하는 대회야. 선생님들은 말할 것도 없이 각 분야별로 좋은 성적을 내게 하려고 노력을 했지. 그림 외에도 서예, 합창, 밴드, 글짓기까지 여러 분야가 있는데 그거야 어떻든 간에, 어디까지나 학예 대회는 4학년 이상만 나가는 대회였어. 그런데 선생님은 자신의 친구 아들이 자신의 친구처럼 그림에 대단한 소질이 있다고 믿었어. 친구는 재능을 살리지 못하고 농사를 짓고 있지만 그의 아들에게 최대한의 기회를 주어야겠다고 생각한 거야. 그런데 그 방법이라는 게 정상적인 게 아니었어. 4학년 담임 선생님 중에 자신과 친한 선생님에게 말해서 그 반의 대표로 3학년인 나를 내보내기로 한 거야. 물론 나는 대회에 나가서 내 이름을 쓸 수가 없지. 4학년 5반 대표 중 하나로 나가는 거니까. 하긴 대회장에 가서 보니까 이름을 쓸 필요도 없고 써서도 안 되었지. 혹시 심사 과정에 부정이 있을지도 몰라 대회에 참가하는 사람들에게 번호를 미리 주고 참가자는 자신의 작품 뒤에 이름 대신 그 번호를 적게 되어 있었던 거지.

그거야 어떻든 상관없었어. 나한테 중요한 건 그 대회가 열리는 날이 축구 결승전을 하는 날이었다는 거야. 내가 좋아하는 경찰 대표가 결승전에 올라왔고 결승 상대는 진짜 축구 선수가 여섯 명이나 들어 있는 전문학교 대표였어.

사생 대회는 공설 운동장에서 그리 멀리 떨어지지 않은 교육청 마당에서 열렸어. 큰 플라타너스 나무 아래에 연못이 있었고 거기에 군의 14개 초등학교에서 대표로 나온 아이들 수백 명이 모여서 그림을 그렸어. 플라타너스와 연못 주변의 풍경을 그리라는 게 과제였어.

나는 공설 운동장에서 함성이 들려올 때마다 목이 메었어. 응원하는 노래가 되풀이되다가 누군가 골을 넣었는지 엄청나게 큰 함성과 박수 소리가 들려왔을 때 눈물을 흘리기까지 했어. 얼른 그림을 그려서 제출하고 공설 운동장에 가려는 생각도 했지만 시간이 너무 없었어. 결승전이 사생 대회하고 같은 시간에 시작되었으니까 말이야. 최대한 빨리 그려 내고 운동장까지 뛰어간다고 해 봐야 결승전이 거의 끝날 시간이었지. 심사 결과는 그날 오후에 나올 예정이었지. 결국 나는 그해의 축구 결승전을 보지 못했어. 눈물을 훔치면서 집으로 돌아가야 했어.

이상한 일은 그날 저녁 무렵에 일어났어. 선생님이 자전거를 타고 읍에서 십 리쯤 떨어진 우리 집에 찾아온 거야. 가정 방문을 온 게 아니야. 선생님은 손에 술병을 들고 왔어. 선생님은 아버지를 만나서는 어깨에 손을 얹더니 이렇게 말했어.

"축하하네. 자네 아들이 사생 대회에서 장원을 했어. 열 살짜리가. 보라구. 겨우 열 살짜리가 저보다 몇 살 더 많은 아이들을 다 제치고 일 등을 했다 이 말이야. 그 애들 중에는 따로 그림을 과외로 배우는 애들도 있어. 자네 애는 이번에 그림 그리기 대회에 처음 나간 거라면서?"

아버지는 땀 냄새가 푹푹 나는 옷을 젖히면서 친구의 손에서 살그머니 떨어졌어. 그러고는 쑥스럽게 웃는 듯했는데, 그게 내가 난생처음 사생 대회에서 장원한 것에 대한 반응의 전부였어.

1

내 아버지는 읍에서 제일 큰 제재소°를 운영했어. 그 시절은 한창 집을 많이 지을 때여서 제재소를 드나드는 차와 사람 들로 문짝이 한 달에 한 번은 떨어져 나갈 지경이었지. 나는 고명딸°이었어. 아버지는 오빠들이 정구°를 친다고 하자 정구장을 집 마당에 지어 줬지. 나는 피아노를 배웠는데 피아노가 싫다고 하니까 바이올린을 사다 줬어. 그런데 바이올린 선생님이 무슨 일로 못 오게 된 뒤로 나는 그림을 배우겠다고 했어. 아버지는 언제나 내가 원하는 대로 해 주었지.

읍내에서 유일한 사립 중학교에서 미술을 가르치는 선생님이 집으로 와서 나에게 그림을 가르쳐 주었어. 선생님은 내가 그림에 재능이 뛰어나다고 계속 공부를 시키면 훌륭한 화가가

• 제재소 베어 낸 나무로 재목을 만드는 곳.
• 고명딸 아들 많은 집의 외딸.
• 정구 테니스.

될 수 있을 거라고 했어. 비싼 과외비를 받으니까 그냥 해 본 말인지도 몰라. 그 말을 들은 아버지는 "딸내미가 이쁘게 커서 시집만 잘 가면 됐지, 뭐 그림 그려서 돈 벌 것도 아니고 결혼해서 식구들 먹여 살릴 것도 아닌데 힘들게 공부할 거 뭐 있나."라고 했대. 그 말을 전해 듣고 나는 그렇게 열심히 할 생각이 없어졌어. 원래 열심히 하려던 것도 아니고 말이야. 그래도 배운 게 있어서 그림을 남들보다 잘 그리게는 됐을 거야.

4학년이 되어서 나는 특별 활동반으로 문예반에 들었어. 그런데 막상 들어가고 보니 글짓기는 아무나 하는 게 아닌 것 같았어. 내가 하고 싶은 말은 이런 건데 막상 글을 써 놓고 보면 저런 게 돼 버리고, 그것도 여기저기 틀리기도 하고 그래. 정말 아버지 말대로 내가 남자고 결혼하고 아이 낳아서 글로 벌어먹고 살아야 된다면 엄청나게 힘들 것 같았어. 그래도 문예반이 좋았어.

문예반 선생님은 동시를 쓰시는 분인데 아주 유명하기도 했고 참 잘생겼지. 가까이 가면 기분 좋은 냄새가 났어. 그 냄새가 좋았고 그 냄새의 주인인 선생님은 더 좋았어. 나는 동시를 잘 쓰지 못하지만 선생님이 쓴 동시를 보면 무슨 뜻인지 잘 알 것 같고 참 좋았어. 그런 게 진짜 문학이 아닐까. 잘 모르는 사람도 좋아지게 만드는 게 예술 작품이지.

그해 봄에 나는 군 학예 대회에서 글짓기 백일장에 나가지 못했어. 그건 당연하지. 내가 읍에서 몇 번째 안에 드는 부잣집 딸이라고 해서 누가 봐도 재능이 없는데 글짓기 대표로 내

보낼 수는 없지. 그 대신 나는 사생 대회 대표로 뽑혔어. 그때 우리 학교는 한 학년이 다섯 반이고 4학년 이상 한 반에 두 명씩 대회에 나가니까 우리 학교에서만 서른 명이 참가하는 거야. 대개는 미술반에 있는 애들이었어. 문예반에 있는 애들은 학교에서 십 리 이십 리 떨어진 데 사는 농촌 애들이 많은데 미술반 애들은 거의 다 읍내 애들이고 좀 잘사는 애들이었어. 글짓기는 연필하고 지우개, 원고지만 있어도 되지만 미술은 크레용, 화판, 스케치북이 필요하고 그것들을 빨리 써 버리게 되니까 돈이 좀 들거든. 그런 게 나하고 무슨 큰 상관이 있는 건 아니지만.

사생 대회는 토요일 오전에 우리 학교에서 열렸어. 우리가 다니는 초등학교가 군에서 가장 오래된 학교라서 그랬던 것 같아. 건물도 오래됐고 나무도 커서 그림 그릴 게 많았는지도 몰라. 우리 학교 다니는 애들한테 유리한 것 같긴 했지.

우리는 주최 측이 확인 도장을 찍어서 준 도화지를 한 장씩 받아서 그림을 그리기 위해 여기저기로 흩어졌지. 그런데 내 뒤에서 그림을 그리던 녀석, 옷도 지저분하고 검정 고무신을 신은 데다 간장 냄새가 나던 녀석이 기억에 오래 남았어. 그 냄새며 꼴이 싫어서 자리를 옮기려고 했지만 이미 노란색 크레파스로 그 앞의 나무와 갈색 나무 교사(校舍)˚의 밑그림을 그린 뒤라서 그럴 수도 없었어. 참 그 냄새, 머리가 아프도록 지

˚교사 학교의 건물.

독했어. 그건 한마디로 말하자면 가난의 냄새였어.

　　0

　4학년이 되고 나서 나는 미술반에 들어갔지. 천수기 선생님은 문예반을 맡았는데 미술반을 맡은 주은희 선생님에게 나를 특별히 부탁했다고 했지. 아버지 이야기를 했는지도 몰라. 천선생님은 자신이 직접 본 사람 중에 가장 그림에 뛰어난 재능을 가진 사람이 아버지라고 했어. 그림과 동시는 분야가 다르지만 천 선생님은 다른 예술에 대한 평가 기준도 상당히 높았지.

　아버지는 한때 그림을 그리겠다고 했다가 할아버지에게 혼이 났어. 입에 풀칠하기도 힘든 가난한 농사꾼의 자식이 도시의 여유 있는 사람들이 즐기는 예술인 미술을 평생의 직업으로 삼겠다니 할아버지는 이해를 못 했겠지. 그래도 아버지는 고등학교까지는 미술반에서 활동을 했고 같은 또래에서는 제일 그림을 잘 그리는 걸로 인정을 받았던가 봐. 서울에 있는 국립 미술 대학에 합격까지 했다니 그 당시 고향에서는 일 년에 한두 명 나올까 말까 한 일이었다지. 할아버지가 그 사실을 알고 아버지를 호되게 나무랐지. 그때 아버지는 집을 나가려고 가방까지 쌌었는데 그만 할아버지가 쓰러지신 거야.

　할아버지를 달구지에 싣고 병원에 모시고 가니까 곧 돌아가실 것 같다고 준비를 하라고 했대. 그때 할아버지가 유언으로 "네 어미와 동생들을 단 한 끼라도 굶게 해서는 안 된다."고 하셨고 아버지는 그러겠다고 맹세했어. 할아버지는 이웃 동네에 살던 친구의 딸을 데려오게 해서 그 자리에서 아버지와 약혼을 하게 했어. 지금은 이해가 잘 안 가는 일이지만 그땐 스무 살에 결혼하는 게 그렇게 이상한 일은 아니었다지. 아버지는 할아버지 간호를 하고 생계를 꾸려 가기 위해 대학 진학을 미뤘어. 그런데 할머니가 그해 봄에 쓰러져서 곧 돌아가셨고 그 바람에 어머니는 주부가 된 거야. 할아버지는 가을쯤에 병석에서 일어나셨지. 그해 겨울에 내가 태어난 거고 말이야. 그래서 아버지는 할아버지와 함께 농사를 짓게 된 거지.

나는 미술반에 들어가서 그림을 많이 그리지는 않았어. 한 해 전 3학년 때에 학교 대표로 나간 건 비밀이었지. 주은희 선생님은 알았어. 그러니까 내가 연습을 안 해도 못 본 척해 준 거야. 군 학예 대회에서 사생 부문 장원을 하면 48색짜리 크레파스 다섯 통하고 스케치북 열 권이 상품인데 내가 그걸 받을 수는 없었어. 상품이 아이들 나무할 때 쓰는 작은 지게로 한 짐이나 되니 열 살짜리가 무거워서 못 받은 게 아니라 나에게 이름을 빌려준 4학년 5반 대표가 받고는 입을 싹 씻어 버린 거야. 그게 알려지면 자기도 망신이니까 비밀은 지켰어.

그래서 나는 그림을 그릴 때 몽당연필처럼 짤막한 크레파스하고 이미 그린 그림이 있는 스케치북 뒷면으로 그림 연습을 할 수밖에 없었어. 우리 집 형편에 크레파스와 스케치북을 자꾸 사 달라고 하기도 힘든 일이고 아버지에게 염소가 많은 것도 아니었어. 게다가 내 동생이 넷이나 됐지.

미술이 별것 아니라는 생각도 들었지. 내 아버지는 동시로 전국적으로 유명한 천수기 선생님이 인정하는 화가의 재능을 타고났어. 내가 그 아버지의 아들이 틀림없는데 다른 평범한 아이들처럼 죽어라 연습할 필요는 없잖아. 나는 미술반 아이들과 함께 주 선생님을 따라 산과 들을 다닐 때 열에 여덟아홉은 스케치북을 펴지도 않았어. 가끔 주 선생님이 "관찰도 공부다."라고 하면서 자연과 주변의 물건들을 세세하게 봐 두라고 했지.

아버지, 아버지는 나한테 별 관심이 없는 것 같았어. 염소를 팔아서 크레파스와 스케치북을 사 주던 때, 그때는 아버지한테 좀체 잘 없는 특별한 순간이었던 것 같아. 다시 병석에 누운 할아버지와 우리 식구들 굶기지 않으려면 정신없이 일을 해야 했지. 생각하긴 싫지만 내가 태어나는 바람에 아버지가 화가가 되려는 꿈을 버려야 했는지도 몰라. 그래서 일부러 그림 쪽으로는 모른 척하는 건지도.

그러다가 다시 군민 체전이 열리는 5월이 돌아왔어. 군 전체 초중고 학생들이 참가하는 학예 대회도 당연히 함께 열렸지. 모든 게 작년하고 비슷했어. 내가 떳떳이 반 대표로 사생 대회에 참가하게 되었다는 것이나 대회 장소가 우리 학교라는 게 달랐지. 이번에 장원상을 받으면 상품으로 그림 연습을 마음껏 할 수 있게 될 거라고 생각했어. 크레파스 다섯 통과 스케치북 열 권을 다 쓰기도 전에 다음 대회가 열리게 되겠지.

지금 생각하면 참 우스워. 상으로 그림 도구를 받아서 그림을 제대로 잘 그릴 생각을 하다니. 그땐 전혀 우습지 않았어. 좀 긴장이 됐지. 차상, 차하도 돼. 크레파스하고 스케치북이 상품으로 나오긴 하니까 모자라는 대로 어떻게 되겠지. 그냥 특선이나 입선은 곤란하지. 공책이나 연필밖에 안 주니까. 상장 뒷면에 그림을 그릴 수도 없고.

나는 아버지가 사 준 크레파스를 들고 학교로 갔어. 한 해 전과는 다르게 크레파스 뚜껑이 달아나 버려서 습자지*를 덮고 고무줄로 동여맸지. 한 해 전처럼 그림을 그려서 제출할 도화지를 받아 들고 뒷면에 미리 부여받은 내 번호를 적었지. 나는 124번이었어. 잊어버릴 수가 없는 번호야. 그 몇 해 전에 무장간첩들이 남한으로 내려왔는데 무장간첩을 훈련시킨 부대 이름이 124군 부대라서 그런 게 아냐. 하여튼 나는 도화지 뒤 네모난 보랏빛 칸에 검은색으로 번호를 124라고 분명히 적었어.

내 앞에는 언제부터인가 여자아이가 두 명 앉아 있었어. 한 아이는 낯이 익었어. 같은 반을 한 적은 없지만 천수기 선생님하고 같이 가는 걸 몇 번 본 적이 있었지. 자주색 원피스에 검은 에나멜 구두를 신고 있었고 머리에 푸른 구슬 리본을 매고 있는데 무척 얼굴이 희고 예뻤지. 나하고 한 반이었다고 해도 나 같은 촌뜨기에게는 말을 걸지도 않았겠지.

* 습자지 글씨 쓰기를 연습할 때 쓰는 얇은 종이.

그 여자애와 나는 비슷한 점이 하나도 없었어. 크레파스부터 한 번도 쓰지 않은 새것, 한 번만 더 쓰면 더 쓸 수 없도록 닳은 것이라는 차이가 있었어. 처음부터 다른 길에서 출발해서 가다가 우연히 두어 시간 동안 같은 장소에서 비슷한 그림을 그리게 되겠지만 앞으로 영원히 만날 일이 없을 것 같은 사람이야. 그 여자아이도 그걸 의식하고 있는 것 같았어. 나를 한 번 힐끗 넘겨다보고는 코를 찡그리더니 더 이상 눈길을 주지 않았어. 자리를 뜰 것 같았는데 계속 그리기는 하더군. 나를 의식하기 전에 밑그림을 그렸던 게 아까웠겠지.

히말라야시다가 쑥색 가지를 늘어뜨리고 있는 화단이 있고 화단 뒤에 나무쪽을 붙인 벽이, 벽 위쪽에 흰 종이가 발린 유리창이 있는 교사가 있었어. 히말라야시다 앞에 키 작은 영산홍이 서 있고, 화단을 따라 발라진 시멘트 길에 햇빛이 하얗게 비치고 있었어.

축구 결승전이 열리고 있을 공설 운동장은 꽤 멀었지. 멀지 않다고 해도 나에게는 목표가 있었어. 장원, 그리고 다음 군 사생 대회까지 그림을 그릴 수 있는 크레파스와 스케치북. 나는 그림에 집중했지. 내가 생각해도 그림은 잘되었어.

마감 시간이 다 되어서 나는 그림을 제출했어. 그 여자아이는 진작에 가고 없었어. 그런 아이들이야 재미로 그리는 거니까 쉽게 빠르게 그리고 내 버렸을 거라고 생각했지. 할아버지 말이 맞을지도 모르지. 그림 같은 건 돈 많은 사람들이 시간을 주체할 수 없어서 하는 놀이라고. 우리 같은 가난뱅이 농사꾼

무지렁이*들이 무슨 예술을 하느니 마느니 개나발*을 불다가는 쪽박이나 차기 십상이라는 거지. 있는 쪽박이나 잘 간수하는 게 주제에 맞는다는 거야.

그림을 제출하고 나면 공설 운동장에 갈 수 있고 잘하면 축구 결승전 끄트머리를 볼 수 있을지도 모르지만 나는 그럴 생각이 전혀 없었지. 내가 정작 궁금한 건 심사 결과니까 말이야. 축구야 누가 우승하면 어때. 어차피 군민 체전이니까 군민들 중 누군가 이기는 거 아니겠어. 그런 생각을 하게 된 게 내가 일 년 동안 퍽 성숙했다는 증거였어. 그렇게 되는 데 열 살짜리가 열한 살 이상이 참가하는 대회에 나가서 장원을 했다는 게 큰 작용을 한 건 당연하지.

오후부터 3층짜리 신축 교사 2층 교실 한 곳에서 심사 위원들이 심사를 했어. 나는 예전에 함께 축구를 하던 아이들과 공을 차면서 시간을 보냈어. 이상하게 축구가 재미가 없었어. 자꾸 눈이 심사를 하고 있을 교실로 향하는 거야. 내가 골을 집어넣을 수도 있는 기회에서 엉뚱한 데 눈을 주니까 아이들이 정신을 어디다 파느냐고 화를 냈지. 나는 미안하다고 했고. 그러면서도 아, 이제 나한테 축구보다 더 중요한 게 생겼구나 하는 생각이 드는 거야. 사실 그건 크레파스나 스케치북 같은 상품이 아니야. 그건 내가 가지고 있는 재능, 아버지에게서 물려

• 무지렁이 아무것도 모르는 어리석은 사람.
• 개나발 사리에 맞지 아니하는 헛소리나 쓸데없는 소리를 낮잡아 이르는 말.

받은 천부적인, 천재적인 재능을 명백히 확인받고 싶다는 충동이었어. 내가 아버지의 아들이라는 확신을 가지고 싶었어. 아무리 시골구석에서 염소나 키우고 닭이나 거위를 장날에 내다 파는 사람이라고는 해도 내 아버지니까.

심사하는 데 그렇게 오랜 시간이 걸리는 줄은 몰랐어. 다리가 아프도록 축구를 하고 수도꼭지가 있는 곳으로 가서 몸을 씻고 다 말리도록 심사는 끝나지 않았어. 아이들이 풀빵을 사 먹으러 간다고 학교 밖으로 갈 때까지도. 나는 평소처럼 아이들을 따라가지 않았어. 고픈 배를 부여잡고 교사 앞에 앉아 있었어. 심사 결과를 알 수 있을 거라고 생각한 건 아니야. 그냥 어떤 기미라도, 결과의 부스러기라도 얻고 나서야 갈 수 있을 것 같았어.

아이들이 가 버리자 학교는 조용해졌어. 그러고도 한 삼십 분은 있다가 다른 군의 학교에서 온 심사 위원들이 걸어 나왔어. 물론 나한테 관심을 가진 사람은 아무도 없었지. 주 선생님이 보였어. 심사를 한 건 아니고 우리 학교의 미술 지도 교사로 참관*을 하고 있었던 것 같았어.

교문 조금 못 미친 곳에서 심사 위원들과 인사를 나눈 주 선생님은 뒤돌아서서 내가 앉아 있는 쪽으로 걸어왔어. 새하얀 시멘트 길에 떨어지던 새하얀 햇빛, 그 위에 또각또각 찍히던 그 발소리를 나는 아직도 잊지 못해. 선생님은 히말라야시다

• 참관 어떤 자리에 직접 나아가서 봄.

앞 시멘트 의자에 숨은 듯이 앉은 내게 와서는 불쑥 손을 내밀었지.

"백선규, 축하한다."

나는 못 잊어.

"네가 장원이다."

나는 목이 메어서 아무 말도 할 수 없었어. 그렇게 목이 죄는 듯한 느낌은 평생 다시 없었어. 그 뒤에 수십 번, 이런저런 상을 받고 수상을 통보받았지만.

나는 선생님 앞에서 눈물을 보이고 말았어. 내가 우는 것을 보고 선생님은 무척 놀라고 당황했어. 하지만 곧 내 어깨를 잡고는 내 얼굴을 가슴에 가만히 안아 주었어. 그 따뜻하고 기분 좋은 냄새, 못 잊어.

1

나는 한 번도 상 같은 건 받아 본 적 없어. 학교 다닐 때 그 흔한 개근상도 못 받았으니까. 상에 욕심을 부려 본 적도 없었어. 내게는 모자란 게 없어서 그랬는지도 몰라. 어릴 때는 부유한 집안에서 단 하나밖에 없는 딸로 사랑을 받으며 자랐고 여자 대학에서 가정학을 공부하다가 판사인 남편을 중매로 만나서 결혼했지. 내가 권력이나 돈을 손에 쥔 건 아니라도 그런 것 때문에 불편한 적도 없어. 아이들은 예쁘고 별문제 없이 잘

자라 주었지. 큰아이가 중학교부터 미국에 가서 공부할 때는 적응에 힘이 들었지만 결국 학생 회장까지 지내서 신문에도 여러 번 났지. 나는 상을 못 받았지만 내가 타고난 행운, 삶 자체가 상이다 싶어.

그렇지만 단 한 번 상을 받을 뻔한 적은 있지. 스스로의 실수 때문에 못 받은 거니까 누구를 원망할 수도 없지만. 그 실수를 인정하고 내가 받을 상이 남에게 간 것을 바로잡을 수 있었을까. 할 수 있었을지도 몰라. 아버지에게 이야기했다면. 아니면 천수기 선생님한테라도.

왜 안 했을까. 그때 나를 스쳐 가던 그 아이, 그 아이의 표정 때문인지도 몰라. 땟국물이 흐르던 목덜미, 전신에서 풍겨 나던 뭔가 찌든 듯한 그 냄새, 그 너절한 인상이 내 실수와 잘못된 과정을 바로잡는 게 귀찮은 일이라는 생각을 갖게 했을 거야. 어쩌면 그 결과로 한 아이가 가지게 될지도 모르는 씻지 못할 좌절감이 내게도 약간 느껴졌는지도 모르지. 상관없어. 나는 그런 상하고는 담을 쌓고 살아도 행복해. 그런 스트레스를 받는 것 자체가 싫어. 왜 내가 그렇게 살아야 하는데?

0

나는 사생 대회 이틀 후, 월요일 아침 조회에서 전교생이 지켜보는 가운데 교단 앞으로 가서 장원상을 받았어. 글짓기, 서예, 밴드, 합창, 그림 등 전 분야를 통틀어 우리 학교에서 장원상을 받은 사람은 오직 나 하나뿐이었어. 게다가 4학년이니까 앞으로 이 년간 더 많은 상을 학교에 안겨 주게 되겠지. 교장 선생님은 내가 4학년이라는 것, 장원이라는 것을 스무 번도 더 이야기했어.

크레파스 다섯 통, 스케치북 열 권은 혼자 들기에 좀 무거웠어. 글짓기에서 차하˙상을 받아서 앞으로 나온 6학년이 크레파스를 대신 들어 줬지. 나는 박수 소리가 끊이지 않는 중에 천천히 걸어서 내가 서 있던 자리로 돌아왔어. 조회가 끝나고 교실로 들어갈 때 옆에 있던 아이들이 상품을 대신 들어 줬고 나는 상장만 들고 갔어.

부임한 지 얼마 안 되어서 그런지 흥분한 교장 선생님은 전례가 없이 그해 학예 대회 입상작을 찾아와서 강당에서 전시회를 가지기로 결정했어. 나는 가 보지 않았어.

가서 내 그림을 보는 건 뭔가 창피할 것 같았어. 그런 데 가서 그림과 글짓기, 서예 작품을 보고 배워야 하는 아이들은 입상을 못 한 평범한 아이들이야. 창작의 재능이 없고 겨우 감상만 할 수 있는 아이들인 거야. 생각은 그렇게 했지만 일주일 동안 진행된 전시 마지막 날 오후, 나는 강당으로 걸음을 옮겼지. 모르겠어. 왜 갔는지.

˙차하(次下) 백일장(글짓기 대회) 수상작의 등급 중 하나로, 보통 '장원〉차상〉차하〉참방〉장려' 순으로 수상작의 순위가 매겨짐. 차하상은 3등급 정도.

강당에는 아무도 없었어. 벽에는 전시 작품들이 걸려 있었어. 글짓기는 원고지 여러 장에 쓰인 작품을 한꺼번에 벽에 압정으로 박아 놓고 넘겨 가며 읽도록 해 놨어. 차하상을 받은 동시는 아이들이 넘기면서 침을 묻히는 바람에 글씨가 다 지워지고 원고지 앞장 아래쪽은 먹지처럼 까매졌더군.

나는 천천히 그림이 전시된 곳으로 걸어갔지. 내 그림은 맨 안쪽에 걸려 있었어. 입선작 여덟 점을 지나서 특선작 세 점을 지나고 나서 황금색 종이 리본을 매달고 좀 떨어진 곳에, 검은색 붓글씨로 '壯元(장원)'이라고 크게 쓰인 종이를 거느리고, 다른 작품보다 세 뼘쯤 더 높이. 초등학교에 다니는 아이들이라면 우러러볼 수밖에 없는 높이에.

그런데, 그런데, 그런데, 그런데 그 그림은 내가 그린 그림이 아니었어. 풍경은 내가 그린 것과 비슷했지만 절대로, 절대로 내가 그린 그림이 아니야. 아버지가 사 준 내 오래된 크레파스에는 진작에 떨어지고 없는 회색이 히말라야시다 가지 끝 앞부분에 살짝 칠해져 있는 그림이었어. 나는 가슴이 후들후들 떨려서 두 손으로 가슴을 가렸어. 사방을 둘러봤지만 아무도 없었어. 나는 까치발을 하고 손을 최대한 쳐들어서 그림 뒷면의 번호를 확인했어. 네모진 칸 안에 쓰인 숫자는 분명히 124였어. 124, 북한에서 무장간첩을 훈련시킨 그 124군 부대의 124. 그렇지만 그건 내 글씨가 아니었어.

누가, 왜 제 번호를 쓰지 않고 내 번호를 썼을까. 실수로? 이런 실수를 하고, 제가 받을 상을 다른 사람이 받았다는 걸 알면 가만히 있을까. 그렇지는 않을 거야. 다른 학교에 다니는 아이라서 제 실수를 모르고 있는 거겠지.

아니야. 그 그림은 구도로 봐서 내가 그렸던 바로 그 장소에서 아주 가까운 데서 그린 그림이었어. 그 그림을 그린 아이는 천수기 선생님과 함께 다니던 그 아이인 게 틀림없었어. 그러니까 나와 같은 학교에 다니는 아이라는 거지. 그러면 그 아이는 제가 그린 그림을 봤을 거야. 그런데 왜? 왜 아무 말을 하지 않은 거지? 상품이 필요 없어서? 번호를 잘못 쓴 실수 때문에 벌을 받을까 봐? 나라면? 나라면 가만히 있었을까?

왜 내가 그린 작품은 입선에도 들지 않았을까? 비슷한 풍경이고 비슷한 구도인데도? 가만히 그 그림을 보고 있자니 정말 잘 그린 그림이라는 느낌이 들기 시작했어. 장원을 받을 수밖에 없는 그림, 같은 장소에 있었던 나로서는 발견할 수 없었던 부분, 벽과 히말라야시다 사이의 빈 공간의 처리는 완벽했어. 나는 모든 걸 그림 속에 욱여넣으려고만 했지 비울 줄은 몰랐어. 그건 나를 뛰어넘는 재능인 게 분명했어.

비슷한 그림에 같은 번호가 써진 걸 보고 심사 위원들이 당황했을 거야. 한 사람이 두 작품을 그릴 수는 없으니 누군가 실수를 했다고 단정 짓고는 혼동을 초래할지도 모르니까 둘 중 하나는 아예 시상 대상에서 제외를 하자고 했겠지. 그래서 심사에 오랜 시간이 걸렸던 것이고.

그러니까 내 그림은 번호를 착각한 아이의 그림에 못 미치는 그림으로 버려졌던 거야. 입선에도 들지 못하게 완벽하게. 누구의 생각일까. 주 선생님은 아니었어. 심사 위원이 아니니까. 아니, 심사 중에 불려 들어간 것일지도 몰라. 혼란스러워진 심사 위원들이 번호를 확인하고 그게 우리 학교 학생의 번호인 줄 알고 미술반 지도 교사를 오라고 했고…… 그래서 그 모든 것이 주 선생님의 조정으로 이루어졌고, 그래서 이례적으로 주 선생님이 그 결과를 미리 알게 된 것이고…… 그런데 나는 주 선생님 품에 안겨서 울었어! 내가 그리지도 않은 그림을 가지고 상을 탔다고 감격해서, 바보같이, 바보!

나는 가슴이 찢어질 것 같은 통증을 느끼면서 강당을 걸어 나왔어. 열 걸음쯤 떼었을 때 강당 문으로 어떤 여자아이가 걸어 들어왔어. 자주색 원피스를 입고 있었어. 검은색 에나멜 구두를 신고 있었지. 나는 그 여자아이를 지나칠 때 눈을 감았어. 눈을 감은 채 열 걸음쯤 걸어가서 다시 눈을 떴어.

내가 주 선생님을 찾아가서 말해야 했을까. 이건 내 그림이 아니라고. 다른 사람이 그린 그림이라고. 나는 그 사람만 한 재능이 없다고. 실수를 바로잡아 달라고. 나는 그렇게 하지 못했어. 주 선생님의 품에 안겨 울지만 않았더라도 찾아갈 수 있었어. 가능성이 높지는 않지만. 내 더러운 눈물로 주 선생님의 흰옷을 더럽히지만 않았더라도.

그림의 주인이 선생님을 찾아가서 그 그림이 자기 것이라고 주장한다면 부정할 도리는 없었겠지. 하지만 내가 먼저 선생님을, 주 선생님이든 천 선생님이든, 아버지도 할아버지도, 그 누구도 찾아갈 수 없었어.

그 뒤부터 나는 늘 나를 의심하면서 살았어. 누군가 나보다 뛰어난 재능을 가지고 있고 누군가 나와 똑같은 대상을 두고 훨씬 더 뛰어난 작품을 그렸고, 앞으로도 더 뛰어난 작품을 그릴 수 있다는 생각을 벗어나 본 적이 없어. 그러니까 어떤 작품이라도, 그게 포스터물감으로 그리는 반공 포스터라도 내가 가진 능력 전부를, 그 이상을 쏟아부어야 했지. 언제나, 어디서나. 그 결과가 오늘의 나일까. 의심의 결과, 좌절의 결과, 누군가 내 비밀을 알고 있다는 생각의 결과.

나는 화가가 된 후 풍경화를 그린 적은 없어. 나는 그림의 원형, 본질로 돌아갔어. 선과 원, 점, 그리고 바탕이 되는 사물의 원형, 본질을 최대한 추상화하고 이상화한 상태로 만들어 갔어. 내 모든 색깔의 원형은, 이상은 그날 그 하얀 시멘트 길과 그 위의 흰 햇빛이야.

1

어라, 저기 걸어가는 저 사람, 백선규 같네. 저 사람 도대체 무슨 생각을 저렇게 골똘하게 하고 있을까. 인사를 해 볼까? 안녕하세요,라고 해야 하나? 그냥 안녕이라고? 그리고 나서 고향, 연도, 초등학교를 말하면 알아볼까? 아이, 귀찮아. 그런 걸 하면 뭘 해. 우리는 가는 길이 다른데. 나는 그림을 좋아하고 저 사람은 자신의 그림을 열심히 그리면 그만이지.

점점 멀어지네.
사라졌네.
나는 여기에 있고.
나도 곧 가야 하지만.

1 다음은 소설 속 두 명의 서술자를 중심으로 시간에 따라 사건을 재배열한 표이다. 빈칸에 알맞은 말을 채워 보자.

0 남자	1 여자
① 나의 아버지는 그림에 재능이 있었지만 할아버지 때문에 일찍 ( )하고 ( )을/를 짓는다.	① 나는 읍에서 제일 큰 ( ) 고명딸로 부족할 것 없이 부유하게 자란다.
② 염소를 판 돈으로 ( ) 재료를 사던 아버지를 ( ) 선생님이 먼저 알아본다.	② ( )이/가 나에게 ( )에 뛰어난 재능이 있다고 말했지만 열심히 할 마음이 없다.
③ 군 학예 대회에서 3학년 때는 남의 ( )으로, 4학년 때는 남의 ( )으로 ( )에 입상한다.	③ 4학년 때 ( )이었지만 사생 대회 대표로 뽑혀 군 학예 대회에 나간다.
④ 전시 마지막 날 강당에서 장원한 작품이 자신의 그림이 아닌 것을 확인하지만 아무에게도 말하지 않는다.	④ ( )의 작품이 장원이라는 사실을 뒤늦게 알았지만 아무에게도 말하지 않는다.
⑤ 그 후로 자신의 ( )을/를 의심하며 항상 최선을 다해 그림을 그린다.	⑤ 가정학을 공부하다가 중매로 ( )인 남편을 만나서 결혼해 행복한 인생을 살고 있는 나는 그림 감상을 좋아한다.
⑥ 지금은 우리나라를 대표하는 추상화 화가로서, ( )은/는 그리지 않는다.	⑥ '고갱과 고흐'라는 이름의 ( )에서 백선규의 인쇄된 그림을 감상하다가 창밖으로 지나가는 그를 보고 알은체할까 망설인다.

2 다음은 그림이 뒤바뀌었던 사건을 회상하는 부분이다. 그때 그림이 뒤바뀐 사실을 말했다면, 인물들의 삶이 어떻게 달라졌을지 '0'과 '1'의 입장에서 상상해 보자.

> **0**
>
> 그때 말해야 했을까? 아니, 모르겠어. 다시 그때가 된다면 내 입으로 말할 수 있을까. 아니 그것도 몰라. 내가 아는 건 내가 말할 수 있었지만 말하지 않은 그 일 때문에 내 삶이 달라졌다는 거야.

> **1**
>
> 그렇지만 단 한 번 상을 받을 뻔한 적은 있지. 스스로의 실수 때문에 못 받은 거니까 누구를 원망할 수도 없지만. 그 실수를 인정하고 내가 받을 상이 남에게 간 것을 바로잡을 수 있었을까. 할 수 있었을지도 몰라. 아버지에게 이야기했다면. 아니면 천수기 선생님한테라도.

---

3 다음은 같은 사건(그림 경연 대회 참가)을 두 시선으로 바라본 것이다. 이 소설에서처럼 동일한 사건을 서로 다른 두 시선으로 바라볼 때 어떠한 효과가 생겨나는지 써 보자.

0

그 여자애와 나는 비슷한 점이 하나도 없었어. 크레파스부터 한 번도 쓰지 않은 새것, 한 번만 더 쓰면 더 쓸 수 없도록 닳은 것이라는 차이가 있었어. 처음부터 다른 길에서 출발해서 가다가 우연히 두어 시간 동안 같은 장소에서 비슷한 그림을 그리게 되겠지만 앞으로 영원히 만날 일이 없을 것 같은 사람이야. 그 여자아이도 그걸 의식하고 있는 것 같았어. 나를 한 번 힐끗 넘겨다보고는 코를 찡그리더니 더 이상 눈길을 주지 않았어. 자리를 뜰 것 같았는데 계속 그리기는 하더군. 나를 의식하기 전에 밑그림을 그렸던 게 아까웠겠지.

1

우리는 주최 측이 확인 도장을 찍어서 준 도화지를 한 장씩 받아서 그림을 그리기 위해 여기저기로 흩어졌다. 그런데 내 뒤에서 그림을 그리던 녀석, 옷도 지저분하고 검정 고무신을 신은 데다 간장 냄새가 나던 녀석이 기억에 오래 남았어. 그 냄새며 꼴이 싫어서 자리를 옮기려고 했지만 이미 노란색 크레파스로 그 앞의 나무와 갈색 나무 교사의 밑그림을 그린 뒤라서 그럴 수도 없었어. 참 그 냄새, 머리가 아프도록 지독했어. 그건 한마디로 말하자면 가난의 냄새였어.

사랑손님과 어머니

주요섭

주요섭

소설가. 1902년 평양에서 태어났다. 중국 후장 대학과 미국 스탠퍼드 대학에서 공부했다. 1921년 단편소설 「깨어진 항아리」로 등단해 하층민의 생활과 반항, 인간의 내면세계 등을 섬세히 묘사한 작품을 주로 발표했다. 1972년 세상을 떠났다. 주요 작품으로 「인력거꾼」 「살인」 「사랑손님과 어머니」 「아네모네의 마담」 등이 있다.

읽기 전에 ……………………………

'헤어진 남자 친구의 절친을 좋아하게 되었습니다. 만약 그 사람과 사귀게 된다면 주변 친구들에게 엄청 비난받을 텐데 어떻게 해야 할까요?' 이런 상담 글이 올라온다면 여러분은 어떤 조언을 해 줄 수 있나요? 지금보다 사회적 시선에 더 꽁꽁 묶인 시대를 사는 사랑손님과 어머니의 러브 스토리, 과연 해피 엔딩일까요? 새드 엔딩일까요? 여섯 살 어린아이의 시선과 왜곡된 판단이 가져다주는 재미를 느껴 보세요.

1

나는 금년 여섯 살 난 처녀 애입니다. 내 이름은 박옥희이구
요. 우리 집 식구라구는 세상에서 제일 이쁜 우리 어머니와 단
두 식구뿐이랍니다. 아차 큰일 났군, 외삼춘을 빼놓을 뻔했
으니.

지금 중학교에 다니는 외삼춘은 어디를 그렇게 싸돌아다니
는지 집에는 끼니때 외에는 별로 붙어 있지를 않으니까 어떤
때는 한 주일씩 가도 외삼춘 코빼기도 못 보는 때가 많으니까
요, 깜빡 잊어버리기도 예사지요, 무얼.

우리 어머니는, 그야말로 세상에서 둘도 없이 곱게 생긴 우
리 어머니는, 금년 나이 스물네 살인데 과부˙랍니다. 과부가
무엇인지 나는 잘 몰라도 하여튼 동리˙ 사람들이 나더러 '과부
딸'이라고들 부르니까 우리 어머니가 과부인 줄을 알지요. 남
들은 다 아버지가 있는데 나만은 아버지가 없지요. 아버지가
없다고 아마 '과부 딸'이라나 봐요.

˙과부 남편을 잃고 혼자 사는 여자.
˙동리 마을.

2

외할머니 말씀을 들으면 우리 아버지는 내가 이 세상에 나오기 한 달 전에 돌아가셨대요. 우리 어머니하고 결혼한 지는 일년 만이고요. 우리 아버지의 본집*은 어데 멀리 있는데, 마침이 동네 학교에 교사로 오게 되기 때문에 결혼 후에도 우리 어머니는 시집으로 가지 않고 여기 이 집을 사고(바로 이 집은우리 외할머니 댁 옆집이지요.) 여기서 살다가 일 년이 못 되어 갑자기 돌아가셨대요. 내가 세상에 나오기도 전에 아버지는 돌아가셨다니까 나는 아버지 얼굴도 못 뵈었지요. 그러기에 아무리 생각해 보아도 아버지 생각은 안 나요. 아버지 사진이라는 사진은 나도 한두 번 보았지요. 참말로 훌륭한 얼굴이야요. 아버지가 살아 계시다면 참말로 이 세상에서 제일가는 잘난 아버지일 거야요. 그런 아버지를 보지도 못한 것은 참으로 분한 일이야요. 그 사진도 본 지가 퍽 오래되었는데, 이전에는 그 사진을 늘 어머니 책상 위에 놓아두시드니 외할머니가 오시면 오실 때마다 그 사진을 치우라고 늘 말씀하셨는데,지금은 그 사진이 어디 있는지 없어졌어요. 언젠가 한번 어머니가 나 없는 동안에 몰래 장롱 속에서 무엇을 끄내 보시다가내가 들어오니까 얼른 장롱 속에 감추는 것을 내가 보았는데,

* 본집 본래 살던 집. 잠시 따로 나와 사는 사람이, 가족들이 사는 중심이 되는 집을 가리키는 말.

그것이 아마 아버지 사진인 것 같었어요.

아버지가 돌아가시기 전에 우리가 먹고살 것을 남겨 놓고 가셨대요. 작년 여름에, 아니로군, 가을이 다 되어서군요. 하루는 어머니를 따라서 저 여기서 한 십 리나 가서 조고만 산이 있는 데를 가서 거기서 밤도 따 먹고 또 그 산 밑에 초가집에 가서 닭고깃국을 먹고 왔는데, 거기 있는 땅이 우리 땅이래요. 거기서 나는 추수˚로 밥이나 굶지 않게 된다구요. 그래두 반찬 사고 과자 사고 할 돈은 없대요. 그래서 어머니가 다른 사람의 바느질을 맡아서 해 주지요. 바느질을 해서 돈을 벌어서 그걸루 청어도 사고 달걀도 사고 또 내가 먹을 사탕도 사고 한다구요.

그리구 우리 집 정말 식구는 어머니와 나와 단둘뿐인데 아버님이 계시든 사랑방˚이 비어 있으니까 그 방도 쓸 겸 또 어머니의 잔심부름도 좀 해 줄 겸 해서 우리 외삼춘이 사랑방에 와 있게 되었대요.

3

금년 봄에는 나를 유치원에 보내 준다고 해서 나는 너무나

• 추수 가을에 익은 곡식을 거두어들임.
• 사랑방 집의 안채와 떨어져 있는, 바깥주인이 거처하며 손님을 접대하는 방.

좋아서 동무 아이들한테 실컷 자랑을 하고 나서 집으로 들어
오누라니까 사랑에서 큰외삼춘이(우리 집 사랑에 와 있는 외
삼춘의 형님 말이야요.) 웬 낯선 사람 하나와 앉아서 이야기를
하고 있었습니다. 큰외삼춘이 나를 보더니 "옥희야." 하고 부
르겠지요.

"옥희야, 이리 온. 와서 이 아저씨께 인사드려라."

나는 어째 부끄러워서 비슬비슬하니까, 그 낯선 손님이

"아, 그 애기 참 곱다. 자네 조카딸인가?"

하고 큰삼춘더러 묻겠지요. 그러니까 큰삼춘은

"응, 내 누이의 딸…… 경선 군의 유복녀˚ 외딸일세."

하고 대답합니다.

"옥희야, 이리 온, 응! 그 눈은 꼭 아버지를 닮았네그려."

하고 낯선 손님이 말합니다.

"자, 옥희야, 커단 처녀가 왜 저 모양이야. 어서 와서 이 아
저씨께 인사드려라. 너희 아버지의 옛날 친구신데 오늘부터
이 사랑에 계실 텐데 인사 여쭙고 친해 두어야지."

나는 이 낯선 손님이 사랑방에 계시게 된다는 말을 듣고 갑
자기 즐거워졌습니다. 그래서 그 아저씨 앞에 가서 사붓이˚ 절
을 하고는 그만 안마당으로 뛰어 들어왔지요. 그 낯선 아저씨
와 큰외삼춘은 소리를 내서 크게 웃드군요.

˚ 유복녀 태어나기 전에 아버지를 여읜 딸.
˚ 사붓이 소리가 거의 나지 않을 정도로 발을 가볍게 얼른 내디디는 소리.

나는 안방으로 들어오는 나름으로 어머니를 붙들고

"엄마, 사랑방에 큰삼춘이 아저씨를 하나 데리구 왔는데에, 그 아저씨가아, 이제 사랑에 있는대."

하고 법석을 하니까

"응, 그래."

하고 어머니는 벌써 안다는 듯이 대수롭잖게 대답을 하드군요. 그래서 나는,

"언제부텀 와 있나?"

하고 물으니까,

"오늘부텀."

"에구, 좋아."

하고 내가 손뼉을 치니까 어머니는 내 손을 꼭 붙잡으면서

"왜 이리 수선*이야."

"그럼 작은외삼춘은 어데루 가나?"

"외삼춘두 사랑에 계시지."

"그럼 둘이 있나?"

"응."

"한방에 둘이 있어?"

"왜, 장지문* 닫구 외삼춘은 아랫방에 계시구 그 아저씨는 윗방에 계시구, 그러지."

• 수선 사람의 정신을 어지럽게 만드는 부산한 말이나 행동.
• 장지문 장지. 방과 방 사이, 또는 방과 마루 사이에 칸을 막아 끼우는 문.

4

    나는 그 아저씨가 어떠한 사람인지는 몰랐으나 첫날부터 내
게는 퍽 고맙게 굴고 나도 그 아저씨가 꼭 마음에 들었어요.
어른들이 저희끼리 말하는 것을 들으니까 그 아저씨는 돌아가
신 우리 아버지와 어렸을 적 친구라구요. 어데 먼 데 가서 공
부를 하다가 요새 돌아왔는데, 우리 동리 학교 교사로 오게 되
었대요. 또 우리 큰외삼춘과도 동무인데, 이 동리에는 하숙˚도
별로 깨끗한 곳이 없고 해서 우리 사랑으로 와 계시게 되었다
구요. 또 우리도 그 아저씨한테서 밥값을 받으면 살림에 보탬
도 좀 되고 한다구요.

    그 아저씨는 그림책들이 얼마든지 있어요. 내가 사랑방으로
나가면 그 아저씨는 나를 무릎에 앉히고 그림책들을 보여 줍
니다. 또 가끔 과자도 주구요.

    어느 날은 점심을 먹고 이내 살그머니 사랑에 나가 보니까
아저씨는 그때에야 점심을 잡수셔요. 그래 가만히 앉아서 점
심 잡숫는 걸 구경하고 있누라니까, 아저씨가

    "옥희는 어떤 반찬을 제일 좋아하누?"

하고 묻겠지요. 그래 삶은 달걀을 좋아한다고 했더니 마침 상
에 놓인 삶은 달걀을 한 알 집어 주면서 나더러 먹으라구 합니

˚하숙 일정한 방세와 식비를 내고 남의 집에 머물면서 숙식함.

다. 나는 그 달걀을 벗겨 먹으면서

"아저씨는 무슨 반찬이 제일 맛나우?"

하고 물으니까, 그는 한참이나 빙그레 웃고 있드니,

"나두 삶은 달걀."

하겠지요. 나는 좋아서 손뼉을 짤깍짤깍 치고

"아, 나와 같네, 그럼. 가서 어머니한테 알려야지."

하면서 일어서니까, 아저씨가 꼭 붙들면서

"그러지 말어."

그러시지요. 그래두 나는 한번 맘을 먹은 다음엔 꼭 그대루 하구야 마는 성미지요. 그래 안마당으로 뛰쳐 들어가면서,

"엄마, 엄마, 사랑 아저씨두 나처럼 삶은 달걀을 제일 좋아한대."

하고 소리를 질렀지요.

"떠들지 말어."

하고, 어머니는 눈을 흘기십니다.

그러나 사랑 아저씨가 달걀을 좋아하는 것이 내게는 썩 좋게 되었어요. 그다음부터는 어머니가 달걀을 많이씩 사게 되었으니까요. 달걀 장수 노친네가 오면 한꺼번에 열 알두 사구 스무 알두 사구 그래선 두고두고 삶아서 아저씨 상에두 놓구 또 으레 나도 한 알씩 주구 그래요. 그뿐만 아니라 아저씨한테 놀러 나가면 가끔 아저씨가 책상 서랍 속에서 달걀을 한두 알 꺼내서 먹으라고 주지요. 그래 그담부터는 나는 아주 실컷 달걀을 많이 먹었어요.

나는 아저씨가 아주 좋았어요. 그렇지만 외삼춘은 가끔 툴툴하는° 때가 있었어요. 아마 아저씨가 마음에 안 드나 봐요. 아니, 그것보다도 아저씨 상 심부름을 꼭 외삼춘이 하게 되니까 그것이 싫어서 그러나 봐요. 한번은 어머니와 외삼춘이 말다툼하는 것까지 내가 들었어요. 어머니가

"야, 또 어데 나가지 말구 사랑에 있다가 선생님 들어오시거든 상 내가야지."

하고 말씀하시니까, 외삼춘은 얼굴을 찡그리면서

"제길, 남 어데 좀 볼일이 있는 날은 으레 끼니때에 안 들어오고 늦어지니……."

하고 툴툴하겠지요. 그러니까 어머니는

"그러니 어쩌겠니? 너밖에 사랑 출입할 사람이 어데 있니?"

"누님이 좀 상 들구 나가구려. 요새 세상에 내외합니까!°"

어머니는 갑자기 얼굴이 발개지시고 아무 대답도 없이 그냥 외삼춘에게 향하야 눈을 흘기셨습니다. 그러니까 외삼춘은 흥흥 웃으면서 사랑으로 나갔지요.

• 툴툴하다 마음에 차지 아니하여서 몹시 투덜거리다.
• 내외하다 남의 남녀 사이에 서로 얼굴을 마주 대하지 않고 피하다.

5

　나는 유치원에 가서 창가*도 배우고 댄스도 배우고 하였습니다. 유치원 여자 선생님이 풍금*을 아주 썩 잘 타요. 그런데 우리 유치원에 있는 풍금은 우리 예배당에 있는 풍금과는 아주 다른데, 퍽 조그마한 것이지마는 소리는 썩 좋아요. 그런데 우리 집 윗간에도 유치원 풍금과 꼭 같이 생긴 것이 놓여 있는 것이 갑자기 생각이 났어요. 그래 그날 나는 집으로 오는 길로 어머니를 끌고 윗간으로 가서

　"엄마, 이거 풍금 아니유?"

하고 물으니까, 어머니는 빙그레 웃으시면서

　"그렇단다. 그건 어찌 알았니?"

　"우리 유치원에 있는 풍금이 이것과 꼭 같은데 무얼. 그럼 엄마두 풍금 탈 줄 아우?"

하고 나는 다시 물었습니다. 그것은 내가 이때껏 한 번도 어머니가 이 풍금 앞에 앉은 것을 본 일이 없기 때문입니다.

　어머니는 아무 대답도 아니 하십니다.

　"엄마, 이 풍금 좀 타 봐!"

하고 재촉하니까 어머니 얼굴은 약간 흐려지면서

　"그 풍금은 너희 아버지가 날 사다 주신 거란다. 너희 아버

• 창가 갑오개혁 이후에 발생한 근대 음악 형식의 하나. 서양 악곡의 형식을 빌려 지은 간단한 노래이다.
• 풍금 페달을 밟아서 바람을 넣어 소리를 내는 건반 악기.

지 돌아가신 후에는 그 풍금은 이때까지 뚜껑두 한 번 안 열어
보았다……."

　이렇게 말씀하시는 어머니 얼굴을 보니까 금방 또 울음보가
터질 것만 같이 보여서 나는 그만

　"엄마, 나 사탕 주어."

하면서 아랫방으로 끌고 내려왔습니다.

　　　6

　아저씨가 사랑방에 와 계신 지 벌써 여러 밤을 잔 뒤입니다.
아마 한 달이나 되었지요. 나는 거의 매일 아저씨 방에 놀러
갔습니다. 어머니는 나더러 그렇게 가서 귀찮게 굴면 못쓴다
고 가끔 꾸지람을 하시지만 정말인즉 나는 조곰도 아저씨를
귀찮게 굴지는 않았습니다. 도리어 아저씨가 나를 귀찮게 굴
었지요.

　"옥희 눈은 아버지를 닮았다. 고 고운 코는 아마 어머니를
닮았지, 고 입하고! 응, 그러냐, 안 그러냐? 어머니도 옥희처
럼 곱지, 응?……."

　이렇게 여러 가지로 물을 적도 있었습니다. 그래서 나는

　"아저씨, 입때* 우리 엄마 못 봤수?"

* 입때 여태.

하고 물었더니 아저씨는 잠잠합니다. 그래 나는

"우리 엄마 보러 들어갈까?"

하면서 아저씨 소매를 잡아댕겼드니, 아저씨는 펄쩍 뛰면서,

"아니, 아니, 안 돼. 난 지금 분주해서.*"

하면서 나를 잡아끌었습니다. 그러나 정말로는 무슨 그리 분
주하지도 않은 모양이었어요. 그러기에 나더러 가란 말도 않
고 그냥 나를 붙들고 앉아서 머리도 쓰다듬어 주고 뺨에 입도
맞추고 하면서

"요 저고리 누가 해 주지? ……밤에 엄마하구 한자리에서
자니?"

라는 둥 쓸데없는 말을 자꾸만 물었지요!

그러나 웬일인지 나를 그렇게도 귀애해* 주든 아저씨도 아랫
방에 외삼춘이 들어오면 갑자기 태도가 달라지지요. 이것저것
묻지도 않고 나를 꼭 껴안지도 않고 점잖게 앉아서 그림책이
나 보여 주고 그러지요. 아마 아저씨가 우리 외삼춘을 무서워
하나 봐요.

하여튼 어머니는 나더러 너무 아저씨를 귀찮게 한다고 어떤
때는 저녁 먹고 나서 나를 꼭 방 안에 가두어 두고 못 나가게
하는 때도 더러 있었습니다. 그러나 조곰 있다가 어머니가 바
느질에 정신이 팔리어서 골몰하고* 있을 때 몰래 가만히 일어

• 분주하다 이리저리 바쁘고 수선스럽다.
• 귀애하다 귀엽게 여겨 사랑하다.
• 골몰하다 다른 생각을 할 여유도 없이 한 가지 일에만 파묻히다.

나서 나오지요. 그런 때에는 어머니는 내가 문 여는 소리를 듣고야 파딱 정신을 채려서 쫓아와 나를 붙들지요. 그러나 그런 때는 어머니는 골은 아니 내시고

"이리 온, 이리 와서 머리 빗고……."

하고 끌어다가 머리를 다시 곱게 땋아 주시지요.

"머리를 곱게 땋고 가야지. 그렇게 되는대루 하구 가문 아저씨가 숭보시지* 않니."

하시면서, 또 어떤 때에는 머리를 다 땋아 주시고는

"응, 저고리가 이게 무어냐?"

하시면서 새 저고리를 내어 주시는 때도 있었습니다.

7.

어떤 토요일 오후였습니다. 아저씨는 나더러 뒷동산에 올라가자고 하셨습니다. 나는 너무나 좋아서 가자고 그러니까, 아저씨가

"들어가서 어머님께 허락 맡고 온."

하십니다. 참 그렇습니다. 나는 뛰쳐 들어가서 어머니께 허락을 맡었습니다. 어머니는 내 얼굴을 다시 세수시켜 주고 머리

---

* 숭보다 '흉보다'의 사투리.

도 다시 땋고 그러고 나서는 나를 아스러지도록* 한 번 몹시 껴안었다가 놓아 주었습니다.

"너무 오래 있지 말고, 응."

하고 어머니는 크게 소리치셨습니다. 아마 사랑 아저씨도 그 소리를 들었을 거야요.

뒷동산에 올라가서는 정거장을 한참 내려다보았으나 기차는 안 지나갔습니다. 나는 풀잎을 쭉쭉 뽑아 보기도 하고 땅에 누운 아저씨의 다리를 가서 꼬집어 보기도 하면서 놀았습니다. 한참 후에 아저씨가 손목을 잡고 내려오는데 유치원 동무들을 만났습니다.

"옥희가 아빠하구 어디 갔다 온다, 응."

하고 한 동무가 말하였습니다. 그 아이는 우리 아버지가 돌아가신 줄을 모르는 아이였습니다. 나는 얼굴이 빨개졌습니다. 그때 나는 얼마나 이 아저씨가 정말 우리 아버지였드라면 하고 생각했는지 모릅니다. 나는 정말로 한 번만이라도

"아빠!"

하고 불러 보고 싶었습니다. 그리고 그날 그렇게 아저씨하고 손목을 잡고 골목골목을 지나오는 것이 어찌도 재미가 좋았는지요.

나는 대문까지 와서

"난 아저씨가 우리 아빠래문 좋겠다."

• 아스러지다 덩어리가 깨어져 조각조각 바스러지다.

하고 불쑥 말했습니다. 그랬더니 아저씨는 얼굴이 홍당무처럼 빨개져서 나를 몹시 흔들면서

"그런 소리 하문 못써."

하고 말하는데 그 목소리가 몹시도 떨렸습니다. 나는 아저씨가 몹시 성이 난 것처럼 보여서 아무 말도 못 하고 안으로 뛰어 들어갔습니다. 어머니가

"어데까지 갔던?"

하고 나와 안으며 묻는데, 나는 대답도 못 하고 그만 쿨쩍쿨쩍 울었습니다. 어머니는 놀라서

"옥희야, 왜 그러니? 응?"

하고 자꾸만 물었으나 나는 아무 대답도 못 하고 울기만 했습니다.

8

이튿날은 일요일인 고로* 나는 어머니와 함께 예배당에를 가려고 채리고 나서 어머니가 옷을 갈아입는 동안 잠깐 사랑에를 나가 보았습니다. '아저씨가 아직두 성이 났나?' 하고 가만히 방 안을 들여다보았더니 책상에 앉아서 무엇을 쓰고 있든 아저씨가 내다보면서 빙그레 웃었습니다. 그 웃음을 보고 나

---

* 고로 까닭에.

는 마음을 놓았습니다. 아저씨가 지금은 성이 풀린 것이 확실하니까요. 아저씨는 나를 이리 보고 저리 보고 훑어보더니

"옥희 오늘 어데 가노? 저렇게 곱게 채리구."

하고 물었습니다.

"엄마하구 예배당에 가."

"예배당에?"

하고 나서 아저씨는 잠시 나를 멍하니 바라다보더니,

"어느 예배당에?"

하고 물었습니다.

"요 앞에 예배당에 가지 뭐."

"응? 요 앞이라니?"

이때 안에서

"옥희야."

하고 부드럽게 부르는 어머니 목소리가 들리었습니다. 나는 얼른 안으로 뛰어 들어오면서 돌아다보니까, 아저씨는 또 얼굴이 빨갛게 성이 났겠지요. 내 원, 참으로 무슨 일로 요새는 아저씨가 그렇게 성을 잘 내는지 알 수 없었습니다.

예배당에 가서 찬미하고 기도하다가 기도하는 중간에 갑자기 나는, '혹시 아저씨두 예배당에 오지 않았나?' 하는 생각이 나서 눈을 뜨고 고개를 들어 남자석을 바라다보았습니다. 그랬더니 하, 바로 거기에 아저씨가 와 앉어 있겠지요. 그런데 아저씨는 어른이면서도 눈 감고 기도하지 않고 우리 아이들처럼 눈을 번히 뜨고 여기저기 두리번두리번 바라봅니다. 나는

얼른 아저씨를 알아보았는데 아저씨는 나는 못 알아보았는지 내가 방그레 웃어 보여도 웃지도 않고 멀거니* 보고만 있겠지요. 그래 나는 손을 흔들었지요. 그러니까 아저씨는 얼른 고개를 숙이고 말드군요. 그때에 어머니가 내가 팔 흔드는 것을 깨닫고 두 손으로 나를 붙들고 끌어당기드군요. 나는 어머니 귀에다 입을 대고

"저기 아저씨두 왔어."

하고 속삭이니까 어머니는 흠칫하면서 내 입을 손으로 막고 막 끌어 잡아다가 앞에 앉히고 고개를 누르드군요. 보니까 어머니가 또 얼굴이 홍당무처럼 빨개졌더군요.

그날 예배는 아주 젬병*이었어요. 웬일인지 예배 다 끝날 때까지 어머니는 성이 나서 강대*만 향하야 앞으로 바라보고 앉었고, 이전 모양으로 가끔 나를 내려다보고 웃는 일이 없었어요. 그리고 아저씨를 보려고 남자석을 바라다보아도 아저씨도 한 번도 바라다보아 주지도 않고 성이 나서 앉어 있고, 어머니는 나를 보지도 않고 공연히 꽉꽉 잡어당기지요. 왜 모두들 그리 성이 났는지! 나는 그만 으아 하고 한번 울고 싶었어요. 그러나 바로 멀지 않은 곳에 우리 유치원 선생님이 앉어 있는 고로 울고 싶은 것을 아주 억지로 참었답니다.

* 멀거니 정신없이 물끄러미 보고 있는 모양.
* 젬병 형편없는 것을 속되게 이르는 말.
* 강대 책 따위를 올려놓고 강의나 설교를 할 수 있도록 만든 도구.

9

　내가 유치원에 입학한 후 처음 얼마 동안은 유치원에 갈 때나 올 때나 외삼촌이 바래다주었습니다. 그러나 여러 밤을 자고 난 뒤에는 나 혼자서도 넉넉히 다니게 되었어요. 그러나 언제나 내가 유치원에서 돌아오는 때이면 어머니가 옆 대문(우리 집에는 대문이 사랑 대문과 옆 대문 둘이 있어서 어머니는 늘 이 옆 대문으로만 출입하시는 것이었습니다.) 밖에 기다리고 섰다가 내가 달음질쳐 가면, 안고 집 안으로 들어가군 하는 것이었습니다.

　그런데 하루는 어쩐 일인지 어머니가 대문간에 보이지를 않겠지요. 어떻게도 화가 나든지요. 물론 머릿속으로는, '아마 외할머니 댁에 가셨나 부다.' 하고 생각했지마는 하여튼 내가 돌아왔는데 문간에서 기다리지 않고 집을 떠났다는 것이 몹시 나쁘게 생각되드군요. 그래서 속으로, '오늘 엄마를 좀 골려야겠다.' 하고 생각하고 있는데, 옆 대문 밖에서

　"아이고, 얘가 원 벌써 왔나?"

하는 어머니 목소리가 들리드군요. 그 순간 나는 얼른 신을 벗어 들고 안방으로 뛰어 들어가서 벽장문을 열고 그 속에 들어가서 숨어 버렸습니다.

　"옥희야, 옥희 너, 여태 안 왔니?"

하는 어머니 목소리가 바로 뜰에서 나더니

"여태 안 왔군."

하면서 밖으로 나가는 모양이었습니다. 나는 재미가 나서 혼자 흐흥흐흥 웃었습니다.

한참을 있더니 집에서는 왼통 야단이 났습니다. 어머니 목소리도 들리고 외할머니 목소리도 들리고 외삼춘 목소리도 들리고!

"글쎄, 하루 종일 집이라군 안 떠났다가 옥희 유치원 파하구 오문 멕일 과자가 없기에 어머님 댁에 잠깐 갔다 왔는데 고동안에 이런 변이 생긴걸……."

하는 것은 어머니 목소리,

"글쎄 유치원에선 벌써 이십 분 전에 떠났다는데 원 중간에서……."

하는 것은 외할머니 목소리,

"하여튼 내 나가서 돌아댕겨 볼 테요. 원 고것이 어델 갔담."

하는 것은 외삼춘의 목소리.

이윽고 어머니의 울음소리가 가늘게 들렸습니다. 외할머니는 무어라고 중얼중얼 이야기하는 모양이었습니다. '이젠 그만하고 나갈까?' 하고도 생각했으나, '지난 주일날 예배당에서 성냈든 앙갚음을 해야지.' 하는 생각이 나서 나는 그냥 벽장 안에 누워 있었습니다. 벽장 안은 답답하고 더웠습니다. 그래서 이윽고 부지중*에 나는 슬며시 잠이 들고 말았습니다.

• 부지중 알지 못하는 동안.

얼마 동안이나 잤는지요? 이윽고 잠을 깨어 보니 아까 내가 벽장 안으로 들어왔든 것은 잊어버리고 참 이상스러운 데에 내가 누워 있거든요. 어두컴컴하고 좁고 덥고……. 나는 갑자기 무서운 생각이 나서 엉엉 울기 시작했지요. 그러자 갑자기 어데 가까운 데서 어머니의 외마디 소리가 나더니 벽장문이 벌컥 열리고 어머니가 달려들어서 나를 안아 내렸습니다.

"요 망할 것아."

하면서 어머니는 내 엉뎅이를 댓 번 때렸습니다. 나는 더욱더 소리를 내서 울었습니다. 그때에는 어머니는 나를 끌어안고 어머니도 따라 울었습니다.

"옥희야, 옥희야, 응 인젠 괜찮다. 엄마 여기 있지 않니, 응, 울지 마라, 옥희야. 엄마는 옥희 하나문 그뿐이다. 옥희 하나만 바라구 산다. 난 너 하나문 그뿐이야. 세상 다 일이 없다. 옥희만 있으문 바라고 산다. 옥희야, 울지 마라. 응, 울지 마라."

이렇게 어머니는 나더러 자꾸 울지 말라고 하면서도 어머니는 끊이지 않고 그냥 자꾸자꾸 울었습니다. 외할머니는

"원 고것이 도깨비가 들렸단 말일까, 벽장 속엔 왜 숨는담."

하고 앉아 있고, 외삼춘은,

"에, 재수, 메유°다."

하면서 밖으로 나갔습니다.

• 메유 '없다'를 뜻하는 중국어 '메이유(沒有)'에서 온 말.

10

    이튿날 유치원을 파하고 집으로 오게 된 때 나는 갑자기 어제 벽장 속에 숨었다가 어머니를 몹시 울게 했던 생각이 나서 집으로 돌아가기가 어찌 부끄러워졌습니다. '오늘은 어머니를 좀 기쁘게 해 드려얄 텐데……. 무엇을 갖다 드리믄 기뻐할까?' 하고 생각했습니다. 그러자 문득 유치원 안에 선생님 책상 위에 놓여 있든 꽃병 생각이 났습니다. 그 꽃병에는 나는 이름도 모르나 곱고 빨간 꽃이 꽂히어 있었습니다. 그 꽃은 개나리도 아니고 진달래도 아니었습니다. 그런 꽃은 나도 잘 알고 또 그런 꽃은 벌써 폈다가 져 버린 후이었습니다. 무슨 서양 꽃이려니 하고 나는 생각하였습니다. 나는 우리 어머니가 꽃을 사랑하는 줄을 잘 압니다. 그래서 그 꽃을 갖다가 드리면 어머니가 몹시 기뻐하려니 하고 생각하였습니다.

    그래서 나는 도로 유치원 방 안으로 들어갔습니다. 마침 방 안에는 아무도 없었습니다. 선생님도 잠깐 어데를 가셨는지 보이지 않았습니다. 그래 나는 그 꽃을 두어 개 얼른 빼 들고 달음질쳐 나왔지요.

    집에 오니 어머니는 문간에서 기다리고 있다가 나를 안고 들어왔습니다.

    "그 꽃은 어데서 났니? 퍽 곱구나."

하고 어머니가 말씀하셨습니다. 그러나 나는 갑자기 말문이

막혔습니다. '이걸 엄마 드릴라구 유치원서 가져왔어.' 하고 말하기가 어째 몹시 부끄러운 생각이 들었습니다. 그래 잠깐 망설이다가

"응, 이 꽃! 저, 사랑 아저씨가 엄마 갖다 주라구 줘."
하고 불쑥 말했습니다. 그런 거짓말이 어데서 그렇게 툭 튀어 나왔는지 나도 모르지요.

꽃을 들고 냄새를 맡고 있든 어머니는 내 말이 끝나기가 무섭게 무엇에 몹시 놀란 사람처럼 화닥닥하였습니다. 그러고는 금시에 어머니 얼굴이 그 꽃보다도 더 빨갛게 되었습니다. 그 꽃을 든 어머니 손구락이 파르르 떠는 것을 나는 보았습니다. 어머니는 무슨 무서운 것을 생각하는 듯이 방 안을 휘 한번 둘러보시더니

"옥희야, 그런 걸 받아 오문 안 돼."
하고 말하는 목소리는 몹시 떨렸습니다. 나는 꽃을 그렇게도 좋아하는 어머니가 이 꽃을 받고 그처럼 성을 낼 줄은 참으로 뜻밖이었습니다. 어머니가 그렇게도 성을 내는 것을 보니까 그 꽃을 내가 가져왔다고 그러지 않고 아저씨가 주더라고 거짓말을 한 것이 참 잘되었다고 나는 속으로 생각했습니다. 어머니가 성을 내는 까닭을 나는 모르지만 하여튼 성을 낼 바에는 내게 내는 것보다 아저씨에게 내는 것이 내게는 나았기 때문입니다. 한참 있더니 어머니는 나를 방 안으로 데리고 들어와서,

"옥희야, 너 이 꽃 이 얘기 아무보구두 하지 말아라, 응."

하고 타일러 주었습니다. 나는

"응."

하고 대답하면서 고개를 여러 번 까닥까닥했습니다.

어머니가 그 꽃을 곧 내버릴 줄로 나는 생각했습니다마는 내버리지 않고 꽃병에 꽂아서 풍금 위에 놓아두었습니다. 아마 퍽 여러 밤 자도록 그 꽃은 거기 놓여 있어서 마지막에는 시들었습니다. 꽃이 다 시들자 어머니는 가위로 그 대는 잘라 내버리고 꽃만은 찬송가 갈피*에 곱게 끼워 두었습니다.

내가 어머니께 꽃을 갖다 주든 날 밤에 나는 또 사랑에 놀러 나가서 아저씨 무릎에 앉아서 그림책을 보고 있었습니다. 갑자기 아저씨 몸이 흠칫하였습니다. 그러고는 귀를 기울입니다. 나도 귀를 기울였습니다.

풍금 소리!

그 풍금 소리는 분명 안방에서 흘러나오는 것이었습니다.

"엄마가 풍금 타나 부다."

하고 나는 벌떡 일어나서 안으로 뛰어왔습니다. 안방에는 불을 켜지 않았었습니다. 그러나 그때는 음력으로 보름께가 되어서 달이 낮같이 밝은데 은빛 같은 흰 달빛이 방 한 절반 가득히 차 있었습니다. 나는 흰옷을 입은 어머니가 풍금 앞에 앉아서 고요히 풍금을 타는 것을 보았습니다.

나는 나이 지금 여섯 살밖에 안 되었지마는 하여튼 어머니가

---

* 갈피 겹치거나 포갠 물건의 하나하나의 사이.

풍금을 타시는 것을 보는 것은 오늘이 처음이었습니다. 어머니는 우리 유치원 선생님보다도 풍금을 더 잘 타시는 것이었습니다. 나는 어머니 곁으로 갔습니다마는 어머니는 내가 곁에 온 것도 깨닫지 못하는지 그냥 까딱 아니 하고 앉아서 풍금을 탔습니다. 조곰 있더니 어머니는 풍금 곡조에 맞추어서 노래를 부르기 시작하였습니다. 어머니의 목소리가 그렇게도 아름다운 것도 나는 이때까지 모르고 있었습니다. 어머니는 참으로 우리 유치원 선생님보다도 목소리가 훨씬 더 곱고 또 노래도 훨씬 더 잘 부르시는 것이었습니다. 나는 가만히 서서 어머니 노래를 들었습니다. 그 노래는 마치 은실을 타고 저 별나라에서 내려오는 노래처럼 아름다웠습니다.

그러나 얼마 오래지 않아 목소리는 약간 떨리기 시작하였습니다. 가늘게 떨리는 노랫소리, 그에 따라 풍금의 가는 소리도 바르르 떠는 듯했습니다. 노랫소리는 차차 가늘어지드니 마지막에는 사르르 없어져 버렸습니다. 풍금 소리도 사르르 없어졌습니다. 어머니는 고요히 풍금에서 일어나시더니 옆에 섰는 내 머리를 쓰다듬었습니다. 그다음 순간 어머니는 나를 안고 마루로 나오셨습니다. 어머니는 아무 말씀도 없이 그냥 나를 꼭꼭 껴안는 것이었습니다. 달빛을 함뿍 받는 내 어머니 얼굴은 몹시도 쌔하얗다고 생각되었습니다. 우리 어머니는 참으로 천사 같다고 나는 생각하였습니다.

우리 어머니의 쌔하얀 두 뺨 위로는 쉴 새 없이 두 줄기 눈물이 줄줄 흘러내리고 있는 것을 나는 보았습니다. 그것을 보니 나도 갑자기 울고 싶어졌습니다.

"어머니, 왜 울어?"

하고 나도 쿨쩍거리면서 물었습니다.

"옥희야."

"응?"

한참 동안 어머니는 아무 말씀도 없었습니다. 그러나 한참 후에,

"옥희야, 난 너 하나문 그뿐이다."

"엄마."

어머니는 다시 대답이 없으셨습니다.

11

하루는 밤에 아저씨 방에서 놀다가 졸려서 안방으로 들어오려고 일어서니까 아저씨가 하얀 봉투를 서랍에서 꺼내어 내게 주었습니다.

"옥희, 이것 갖다가 엄마 드리고 지나간 달 밥값이라구, 응."

나는 그 봉투를 갖다가 어머니에게 드렸습니다. 어머니는 그 봉투를 받아 들자 갑자기 얼굴이 파랗게 질리었습니다. 그 전날 달밤에 마루에 앉았을 때보다도 더 쌔하얗다고 생각되었습니다. 어머니는 그 봉투를 들고 어쩔 줄을 모르는 듯이 초조한 빛이 나타났습니다. 나는,

"그거 지나간 달 밥값이래."

하고 말을 하니까 어머니는 갑자기 잠자다 깨나는 사람처럼

"응?"

하고 놀라더니 또 금시에 백지장같이 쌔하얗든 얼굴이 발갛게 물들었습니다. 봉투 속으로 들어갔든 어머니의 파들파들 떨리는 손구락이 지전*을 몇 장 끌고 나왔습니다. 어머니는 입술에 약간 웃음을 띠면서 "후!" 하고 한숨을 내쉬었습니다. 그러나 그것도 잠깐, 다시 어머니는 무엇에 놀랐는지 흠칫하더니 금시에 얼굴이 다시 쌔하얘지고 입술이 바르르 떨었습니다. 어머니의 손을 바라다보니 거기에는 지전 몇 장 외에 네모로 접은 하얀 종이가 한 장 잡혀 있는 것이었습니다.

어머니는 한참을 망설이는 모양이었습니다. 그러더니 무슨 결심을 한 듯이 입술을 악물고 그 종이를 채근채근 펴 들고 그 안에 쓰인 글을 읽었습니다. 나는 그 안에 무슨 글이 씌어 있는지 알 도리가 없었으나 어머니는 그 글을 읽으면서 금시에 얼굴이 파랬다 발갰다 하고 그 종이를 든 손은 이제는 바들바들이 아니라 와들와들 떨리어서 그 종이가 부석부석 소리를 내게 되었습니다.

한참 후에 어머니는 그 종이를 아까 모양으로 네모지게 접어서 돈과 함께 봉투에 도루 넣어 반짇그릇*에 던졌습니다. 그러

• 지전 지폐.
• 반짇그릇 바늘, 실, 골무, 헝겊 따위의 바느질 도구를 담는 그릇. 반짇고리.

고는 정신 나간 사람처럼 멀거니 앉아서 전등만 치어다보는데 어머니 가슴이 불룩불룩합니다. 나는 어머니가 혹시 병이나 나지 않았나 하고 염려가 되어서 얼른 가서 무릎에 안기면서

"엄마, 잘까?"

하고 말했습니다.

엄마는 내 뺨에 입을 맞추어 주었습니다. 그런데 어머니의 입술이 어쩌면 그리도 뜨거운지요. 마치 불에 달군 돌이 볼에 와 닿는 것 같았습니다.

한잠을 자고 나서 잠이 채 깨지는 않았으나 어렴풋한 정신으로 옆을 쓸어 보니 어머니가 없습니다. 가끔가다가 나는 그런 버릇이 있어요. 어렴풋한 정신으로 옆을 쓸면 어머니의 보드러운 살이 만져지지요. 그러면 다시 나는 잠이 들어 버리군 하는 것이었습니다.

어머니가 자리에 없다는 것을 알게 되자 나는 갑자기 무서워졌습니다. 그래서 잠은 다 달아나고 눈을 번쩍 뜨고 고개를 돌려 살펴보았습니다. 방 안에는 불은 안 켰지만 어슴푸레하게* 밝습니다. 뜰로 하나 가득한 달빛이 방 안에까지 희미한 밝음을 던져 주는 것이었습니다. 윗목*을 보니 우리 아버지의 옷을 넣어 두고 가끔 어머니가 꺼내서 쓸어 보시는 그 장롱 문이 열려 있고, 그 아래 방바닥에는 흰옷이 한 무더기 널려 있습니

• 어슴푸레하다 빛이 약하거나 멀어서 어둑하고 희미하다.
• 윗목 온돌방에서 아궁이로부터 먼 쪽의 방바닥. 불길이 잘 닿지 않아 아랫목보다 상대적으로 차갑다.

다. 그리고 그 옆에는 장롱을 반쯤 기대고 자리옷*만 입은 어머니가 주춤하고 앉아서 고개를 위로 쳐들고 눈은 감고 무엇이라고 입술로 소군소군 외고 있는 것이 보였습니다. 아마 기도를 하나 보다 하고 나는 생각했습니다. 나는 자리에서 일어나서 기어가서 어머니 무릎을 뻐개고* 기어 들어갔습니다.

"엄마, 무얼 해?"

어머니는 소군거리기를 그치고 눈을 떠서 나를 한참이나 물끄러미 들여다보십니다.

"옥희야."

"응?"

"가서 자자."

"엄마두 같이 자."

"응, 그래 엄마두 같이 자."

그 목소리가 어쩨 싸늘하다고 내게 생각되었습니다.

어머니는 돌아가신 아버지의 옷들을 한 가지씩 들고는 가만히 손바닥으로 쓸어 보고는 장롱 안에 넣었습니다. 하나씩 하나씩 쓸어 보고는 장롱에 넣곤 하여 그 옷을 다 넣은 때 장롱 문을 닫고 쇠*를 채우고 그러고 나서 나를 안고 자리로 돌아왔습니다.

"엄마, 우리 기도하고 자?"

• 자리옷 잠옷.
• 뻐개다 두 쪽으로 가르다. 여기서는 '두 무릎을 벌리다'는 뜻으로 쓰임.
• 쇠 자물쇠.

하고 나는 물었습니다. 어머니는 나를 밤마다 재워 줄 때마다 반드시 기도를 하는 것이었습니다. 내가 할 줄 아는 기도는 주기도문뿐이었습니다. 그 뜻은 하나도 모르지만 어머니를 따라서 자꾸자꾸 해 보아서 지금에는 나도 주기도문을 잘 웁니다. 그런데 웬일인지 어젯밤 잘 때에는 어머니가 기도할 것을 잊어버리고 그냥 잤든 것이 지금 생각이 났기 때문에 나는 그렇게 물었든 것입니다. 어젯밤 자리에 들 때 내가,

"기도할까?"

하고 말하고 싶었으나 어머니가 너무도 슬픈 빛을 띠고 있는 고로 그만 나도 가만히 아무 소리 없이 잠이 들고 말었든 것입니다.

"응, 기도하자."

하고 어머니가 고요히 대답했습니다.

"엄마가 기도해."

하고 나는 갑자기 어머니의 기도하는 보드러운 음성이 듣고 싶어져서 말했습니다.

"하늘에 계신 우리 아버지시여."

어머니는 고요히 기도를 시작하였습니다.

"이름을 거룩하게 하옵시며 나라이 임하옵시며 뜻이 하늘에서 이루어진 것처럼 땅에서도 이루어지이다. 오늘날 우리에게 일용할* 양식을 주옵시고 우리가 우리에게 죄지은 자를 용서

* 일용하다 날마다 쓰다.

하여 준 것처럼 우리 죄를 사하여* 주옵시고, 우리를 시험*에 들지 말게 하옵시고…… 우리를 시험에 들지 말게 하옵시고…… 시험에 들지 말게…… 시험에 들지 말게…….”

이렇게 어머니는 자꾸 되풀이하였습니다. 나도 지금은 맥히지 않고 줄줄 외는 주기도문을 글쎄 어머니가 맥히다니 참으로 우서운 일이었습니다.

“시험에 들지 말게…… 시험에 들지 말게…….”

하고 자꾸만 되풀이하는 것을 나는 참다못해서,

“엄마, 내 마저 할게.”

하고,

“다만 악에서 구하옵소서. 대개 나라와 권세*와 영광이 아버지께 영원히 있사옵나이다.”

하고 내가 끝을 마치었습니다. 어머니는 한참이나 가만있다가 오랜 후에야 겨우

“아멘.”

하고 속삭이었습니다.

• 사하다 지은 죄나 허물을 용서하다.
• 시험 사람의 됨됨이를 알기 위하여 떠보는 일.
• 권세 권력과 세력을 아울러 이르는 말.

12

요새 와서 어머니의 하는 일이란 참으로 알 수가 없는 노릇입니다. 어떤 때는 어머님도 퍽 유쾌하셨습니다. 밤에 때로는 풍금도 타고 또 때로는 찬송가도 부르고 그러실 때에는 나도 너무도 좋아서 가만히 어머니 옆에 앉아서 듣습니다. 그러나 가끔가끔 그 독창은 소리 없는 울음으로 끝을 맺는 때가 많은데, 그런 때면 나도 따라서 울었습니다. 그러면 어머니는 나를 안고 내 얼굴에 돌아가면서 무수히 입을 맞추어 주면서,

"엄마는 옥희 하나문 그뿐이야, 응, 그렇지……."

하시면서 언제까지나 언제까지나 우시는 것이었습니다.

어떤 일요일 날, 그렇지요, 그것은 유치원 방학하고 난 그 이튿날이었어요. 그날 어머니는 갑자기 머리가 아프시다고 예배당에를 그만두었습니다. 사랑에서는 아저씨도 어데 나가고 외삼춘도 어데 나가고 집에는 어머니와 나와 단둘이 있었는데, 머리가 아프다고 누워 계시든 어머니가 갑자기 나를 부르시드니

"옥희야, 너 아빠가 보고 싶니?"

하고 물으십니다.

"응, 우리두 아빠 하나 있으문."

하고 나는 혀를 까불고 어리광을 좀 부려 가면서 대답을 했습니다. 한참 동안을 어머니는 아무 말씀도 아니 하시고 천장만 바라다보시드니

"옥희야, 옥희 아버지는 옥희가 세상에 나오기두 전에 돌아가셨단다. 옥희두 아빠가 없는 건 아니지. 그저 일찍 돌아가셨지. 옥희가 이제 아버지를 새로 또 가지면 세상이 욕을 한단다. 옥희는 아직 철이 없어서 모르지만 세상이 욕을 한단다. 사람들이 욕을 해. 옥희 어머니는 화냥년°이다 이러구 세상이 욕을 해. 옥희 아버지는 죽었는데 옥희는 아버지가 또 하나 생겼대, 참 망측°두 하지, 이러구 세상이 욕을 한단다. 그리되문 옥희는 언제나 손구락질받구. 옥희는 커두 시집두 훌륭한 데 못 가구. 옥희가 공부를 해서 훌륭하게 돼두, 에 그까짓 화냥년의 딸, 이러구 남들이 욕을 한단다."

이렇게 어머니는 혼잣말하시듯 뜨문뜨문 말씀하셨습니다. 그러고는 한참 있더니,

"옥희야."

하고 또 부르십니다.

"응?"

"옥희는 언제나, 언제나, 내 곁을 안 떠나지. 옥희는 언제나 언제나 엄마하구 같이 살지. 옥희는 엄마가 늙어서 꼬부랑 할미가 되어두 그래두 옥희는 엄마하구 같이 살지. 옥희가 유치원 졸업하구 또 소학교°졸업하구, 또 중학교 졸업하구, 또 대학교 졸업하구, 옥희가 조선서 제일 훌륭한 사람이 돼두 그래

• 화냥년 자기 남편이 아닌 남자와 정을 통하는 짓을 하는 여자를 속되게 이르는 말.
• 망측 정상적인 상태에서 어그러져 어이가 없거나 차마 보기가 어려움.
• 소학교 '초등학교'의 옛 이름.

두 옥희는 엄마하구 같이 살지. 응! 옥희는 엄마를 얼만큼 사랑하나?"

"이망큼."

하고 나는 두 팔을 짝 벌리어 뵈었습니다.

"응? 얼만큼? 응! 그망큼! 언제나, 언제나, 옥희는 엄마만 사랑하지. 그리구 공부두 잘하구, 그리구 훌륭한 사람이 되구……."

나는 어머니의 목소리가 떨리는 것으로 보아 어머니가 또 울까 봐 겁이 나서

"엄마, 이망큼, 이망큼."

하면서 두 팔을 짝짝 벌리었습니다.

어머니는 울지 않으셨습니다.

"응, 그래, 옥희 엄마는 옥희 하나문 그뿐이야. 세상 다른 건 다 소용없어, 우리 옥희 하나문 그만이야. 그렇지, 옥희야."

"응!"

어머니는 나를 당기어서 꼭 껴안고 내 가슴이 맥혀 들어올 때까지 자꾸만 껴안아 주었습니다.

그날 밤 저녁밥 먹고 나니까 어머니는 나를 불러 앉히고 머리를 새로 빗겨 주었습니다. 댕기도 새 댕기를 드려 주고, 바지, 저고리, 치마, 모두 새것을 꺼내 입혀 주었습니다.

"엄마, 어디 가?"

하고 물으니까

"아니."

하고 웃음을 띠면서 대답합니다. 그러더니 풍금 옆에서 새로
대린 하얀 손수건을 내리어 내 손에 쥐어 주면서,

"이 손수건, 저 사랑 아저씨 손수건인데, 이것 아저씨 갖다
드리구 와, 응. 오래 있지 말구 손수건만 갖다 드리구 이내 와,
응."

하고 말씀하셨습니다.

손수건을 들고 사랑으로 나가면서 나는 그 손수건 접이 속에
무슨 발각발각하는* 종이가 들어 있는 것처럼 생각되었습니다
마는 그것을 펴 보지 않고 그냥 갖다가 아저씨에게 주었습니다.

아저씨는 방에 누워 있다가 벌떡 일어나서 손수건을 받는데,
웬일인지 아저씨는 이전처럼 나보고 빙그레 웃지도 않고 얼굴
이 몹시 파래졌습니다. 그러고는 입술을 질근질근 깨밀면서
말 한마디 아니 하고 그 수건을 받드군요.

나는 어째 이상한 기분이 들어서 아저씨 방에 들어가 앉지도
못하고 그냥 뒤돌아서 안방으로 들어왔지요. 어머니는 풍금
앞에 앉아서 무엇을 그리 생각하는지 가만히 있드군요. 나는
풍금 옆으로 가서 가만히 그 옆에 앉아 있었습니다. 이윽고 어
머니는 조용조용히 풍금을 타십니다. 무슨 곡조인지는 몰라도
어째 구슬푸고 고즈낙한 곡조야요.

밤이 늦도록 어머니는 풍금을 타셨습니다. 그 구슬푸고 고즈

* 발각발각하다 책장이나 종잇장 따위를 잇따라 넘기는 소리가 나다.

낙한 곡조를 계속하고 또 계속하면서.

13

여러 밤을 자고 난 어떤 날 오후에 나는 오래간만에 아저씨 방엘 나가 보았더니 아저씨가 짐을 싸누라구 분주하겠지요. 내가 아저씨에게 손수건을 갖다 드린 다음부터는 웬일인지 아저씨가 나를 보아도 언제나 퍽 슬픈 사람, 무슨 근심이 있는 사람처럼 아무 말도 없이 나를 물끄러미 바라다만 보고 있는 고로 나도 그리 자주 놀러 나오지 않었든 것입니다. 그랬었는데 이렇게 갑자기 짐을 꾸리는 것을 보고 나는 놀랐습니다.

"아저씨, 어데 가우?"

"응, 멀리루 간다."

"언제?"

"오늘."

"기차 타구?"

"응, 기차 타구."

"갔다가 언제 또 오우?"

아저씨는 아무 대답도 없이 서랍에서 이뿐 인형을 하나 꺼내서 내게 주었습니다.

"옥희, 이것 가져, 응. 옥희는 아저씨 가구 나문 아저씨 이내 잊어버리구 말겠지!"

나는 갑자기 슬퍼졌습니다. 그래서

"아니."

하고 얼른 대답하고 인형을 안고 안으로 들어왔습니다.

"엄마, 이것 봐. 아저씨가 이것 나 줬다우. 아저씨가 오늘 기차 타구 먼 데루 간대."

하고 내가 말했으나, 어머니는 대답이 없으십니다.

"엄마, 아저씨 왜 가우?"

"학교 방학했으니깐 가지."

"어데루 가우?"

"아저씨 집으루 가지, 어데루 가."

"갔다가 또 오우?"

어머니는 대답이 없으십니다.

"난 아저씨 가는 거 나쁘다."

하고 입을 쫑깃했으나,* 어머니는 그 말은 대답 않고

"옥희야, 벽장에 가서 달걀 몇 알 남았나 보아라."

하고 말씀하셨습니다.

나는 깡충깡충 방 안으로 들어갔습니다. 달걀은 여섯 알이 있었습니다.

"여스 알."

하고 나는 소리쳤습니다.

"응, 다 가지구 이리 나오나라."

• 쫑깃하다 쫑긋하다. 말을 하려고 입을 달싹이다.

어머니는 그 달걀 여섯 알을 다 삶었습니다. 그 삶은 달걀 여섯 알을 손수건에 싸 놓고 또 반지*에 소금을 조곰 싸서 한 구퉁이에 넣었습니다.

"옥희야, 너 이것 갖다 아저씨 드리구, 가시다가 찻간에서 잡수시랜다구, 응."

14

그날 오후에 아저씨가 떠나간 다음 나는 방에서 아저씨가 준 인형을 업고 자장자장 잠을 재우고 있었습니다. 어머니가 부엌에서 들어오시드니

"옥희야, 우리 뒷동산에 바람이나 쐬러 올라갈까?"

하십니다.

"응, 가, 가."

하면서 나는 좋아 덤비었습니다.

잠깐 다녀올 터이니 집을 보고 있으라고 외삼춘에게 이르고 어머니는 내 손목을 잡고 나섰습니다.

"엄마, 나 저, 아저씨가 준 인형 가지구 가?"

"그러럼."

나는 인형을 안고 어머니 손목을 잡고 뒷동산으로 올라갔습

* 반지 얇고 흰 일본 종이. 종이의 지질이 질기고 거칠다.

니다. 뒷동산에 올라가면 정거장이 빤히 내려다보입니다.

"엄마, 저 정거장 봐. 기차는 없군."

어머니는 아무 말씀도 없이 가만히 서 계십니다. 사르르 바람이 와서 어머니 모시 치맛자락을 산들산들 흔들어 주었습니다. 그렇게 산 위에 가만히 서 있는 어머니는 다른 때보다도 더한층 이쁘게 보였습니다.

저편 산모퉁이에서 기차가 나타났습니다.

"아, 저기 기차 온다."

하고 나는 좋아서 소리쳤습니다.

기차는 정거장에 잠시 머물더니 금시에 삑 하고 소리를 지르면서 움직이었습니다.

"기차 떠난다."

하면서 나는 손뼉을 쳤습니다. 기차가 저편 산모퉁이 뒤로 사라질 때까지, 그리고 그 굴뚝에서 나는 연기가 하늘 위로 모두 흩어져 없어질 때까지, 어머니는 가만히 서서 그것을 바라다보았습니다.

뒷동산에서 내려오자 어머니는 방으로 들어가시드니 이때까지 뚜껑을 늘 열어 두었든 풍금 뚜껑을 닫으십니다. 그러고는 거기 쇠를 채우고 그 위에다가 이전 모양으로 반짇그릇을 얹어 놓으십디다. 그러고는 그 옆에 있는 찬송가를 맥없이 들고 뒤적뒤적하시드니 빳빳 마른 꽃송이를 그 갈피에서 집어내시드니

"옥희야, 이것 내다 버려라."

하고 그 마른 꽃을 내게 주었습니다. 그 꽃은 내가 유치원에서 갖다가 어머니께 드렸든 그 꽃입니다. 그러자 옆 대문이 삐걱하더니

"달걀 사소."

하고 매일 오는 달걀 장수 노친네가 달걀 버주기*를 이고 들어왔습니다.

"인젠 우리 달걀 안 사요. 달걀 먹는 이가 없어요."

하시는 어머니 목소리는 맥이 한 푼어치도 없었습니다.

　나는 어머니의 이 말씀에 놀라서 떼를 좀 써 보려 했으나 석양에 빤히 비치는 어머니 얼굴을 볼 때 그 용기가 없어지구 말았습니다. 그래서 아저씨가 주신 인형 귀에다가 내 입을 갖다 대고 가만히 속삭이었습니다.

"얘, 우리 엄마가 거짓부리 썩 잘하누나. 내가 달걀 좋아하는 줄 잘 알면서 먹을 사람이 없대누나. 떼를 좀 쓰구 싶다만 저 우리 엄마 얼굴을 좀 봐라. 어쩌문 저리두 새파래졌을까? 아마 어데가 아픈가 보다."

라고요.

• 버주기 버치. 자배기보다 조금 깊고 아가리가 벌어진 큰 그릇.

1 다음 '사건'과 '옥희의 서술'을 통해 엿볼 수 있는 사랑손님과 어머니의 속마음을
  추측해 보자.

사건	옥희의 서술	사랑손님 혹은 어머니의 속마음
아저씨가 옥희를 무릎에 앉히고 귀하게 여기며 이것저것 묻다가도 아랫방에 외삼촌이 들어오면 갑자기 태도가 달라짐.	아저씨가 우리 외삼촌을 무서워하나 봐요.	옥희 엄마에 대해 관심이 있다는 사실을 누가 알면 안 되니까 조심해야겠군.
"난 아저씨가 우리 아빠래문 좋겠다."는 옥희의 말에 아저씨 얼굴이 빨개지고 목소리가 떨림.	아저씨가 몹시 성이 난 것처럼 보였어요.	
예배당에서 아저씨에게 옥희가 손을 흔들었는데 한 번도 바라다보아 주지 않고, 어머니는 앞만 바라보며 옥희를 꽉꽉 잡아당김.	아저씨도 어머니도 왜 그리 성이 났는지! 으아 하고 울고 싶었어요.	
꽃을 어머니에게 내밀며 아저씨가 갖다 주라고 했다고 거짓말을 함.	어머니가 꽃을 받고 성을 내는 걸 보니.거짓말한 것이 참 잘되었다고 생각했어요.	
아저씨의 하얀 봉투를 받은 어머니는 얼굴색이 파랬다 빨갰다 하고 손이 떨리고 입술이 뜨거워짐.	어머니가 혹시 병이나 나지 않았나 하고 염려가 되어서 얼른 자자고 말했습니다.	사랑손님이 나에게 고백하는 편지를 보내왔으면 어쩌지?
어머니가 주기도문을 외우다가 "우리를 시험에 들지 말게 하옵시고……."를 자꾸 되풀이함.	나도 줄줄 외는 주기도문을 글쎄 어머니가 막히다니 참으로 우스운 일이었습니다.	
어머니가 보내는 하얀 손수건을 받은 아저씨가 말도 안 하고 웃지도 않고 얼굴이 파래짐.	이상한 기분이 들어서 아저씨 방에 들어가지 못하고 그냥 돌아왔지요. 그후 아저씨가 무척 슬퍼 보였어요.	옥희 엄마가 내 고백을 받아들이지 않겠다고 하는군. 그녀를 향한 내 마음을 접고 떠나야겠어.

2 활동 1에 나타난 '옥희의 서술'은 사랑손님과 어머니의 속마음을 사실과 다르게 나타내고 있다. 어리숙한 서술자를 통해서 얻을 수 있는 효과가 무엇인지 다음 빈 곳을 채워 보자.

이 소설은 여섯 살 난 어린아이 옥희('나')를 등장시켜 사랑손님과 어머니 사이에 메신저 역할을 하면서 그들을 관찰하도록 하고 있다. '나'는 주인공의 심리를 엉뚱하게 전달하는 서술을 통해 독자에게 (   )을/를 주는 한편, 사랑손님과 어머니의 사랑을 (   ) 한 느낌이 나도록 전달해 주고 있다.

3 옥희 어머니는 아저씨의 편지를 받고 갈등한다. 이런 어머니에게 〈보기〉 중의 한 인물이 되어 의견을 말해 보자.

〈보기〉옥희, 큰외삼촌, 외삼촌, 외할머니, 신여성 친구

4 이 소설의 주제를 '겉으로 드러난 주제'와 '속으로 감춰진 주제'로 나누어 파악해 보자. '속으로 감춰진 주제'는 다음 글을 참고하여 말해 보자.

> 가부장제는 가장인 남성이 강력한 권한을 가지고 가족 구성원을 통솔하는 가족 형태이다. 조선 시대의 가부장제 사회에서는 '개가(결혼했던 여자가 남편과 사별하거나 이혼하여 다른 남자와 결혼함)한 여성의 자손을 벼슬길에 오르지 못하도록 하는 법'이 있었다. 1894년 갑오개혁 때 과부의 개가를 허용하도록 하였으나 여성의 개가에 대한 부정적 의식은 「사랑손님과 어머니」가 발표된 1930년에도 여전하였다.

• 표면적 주제(겉으로 드러난 주제):

• 이면적 주제(속으로 감춰진 주제):

2부

표현

　가래떡에 물을 많이 붓고 간장으로 간을 하면 떡국이 되지만 적은 물에 매운 양념장을 넣고 끓이면 떡볶이가 됩니다. 이렇듯 주제를 어떻게 표현하느냐에 따라 소설이 주는 맛은 달라집니다. 특히 힘없는 사람들이 거대한 권력의 횡포를 직접 비판하기 어려울 때 넌지시 돌려 표현하는 방법을 활용하면 기대 이상의 효과를 얻기도 합니다. 대표적으로 속마음과 반대로 말해서 대상을 비꼬는 '반어(irony)'나 대상을 과장하거나 왜곡해서 간접적으로 비판하는 '풍자'는 이야기에 웃음을 더하는 표현 방법입니다.

　미디어가 발달한 요즘은 소설이 영화나 만화가 되고 시나리오가 소설이 되는 등 매체를 넘나드는 경우가 많아지고 있습니다. 또한 시대를 뛰어넘은 고전 문학이나 역사물은 새로운 문화 콘텐츠의 소스로 활용되어 만화나 드라마로 재탄생되기도 합니다. 원작을 재구성하는 과정에서 매체별 특성에 따라 상상력을 더 보태기도 하고 어떤 대목을 좀 더 부각하기도 하는데 이런 점에 주의하여 감상하면 재미가 더해질 수 있습니다.

　2부 '표현'에는 현대 소설과 함께 고전 소설도 실었습니다. 연암 박지원이 「양반전」을 통해 당대의 모순을 어떻게 비판하고 있는지 표현 방법에 집중해서 읽어 보고, 첫눈에 반한 남녀의 사랑 이야기 『춘향전』은 왜 조선 시대 최고의 베스트셀러가 되었을까 살펴봅시다. 영화로도 만들어진 소설 『두근두근 내 인생』을 읽으며 원작과 재구성된 시나리오를 비교해 봅시다. 죽음을 앞둔 소년이 유쾌한 목소리로 들려주는 이야기를 통해 짧아서 더욱 소중한 삶도 경험해 봅시다. 소설에 담긴 인물들이 처한 고통과 소망은 현실을 살아 내는 우리의 그것과 닮아 있습니다. 그들이 소망한 간절한 미래를 엿보며 내 안에 품은 미래도 함께 꺼내 볼까요?

두근두근 내 인생

김애란

김애란

1980년 인천에서 태어나 충남 서산에서 자랐다. 한국예술종합학교 연극원 극작과를 졸업했다. 2002년 단편소설 「노크하지 않는 집」으로 제1회 대산대학문학상을 수상하고 같은 작품을 2003년 『창작과비평』 봄호에 발표하며 작품 활동을 시작했다. 소설집 『달려라, 아비』 『침이 고인다』 『비행운』 『바깥은 여름』, 장편소설 『두근두근 내 인생』 등이 있다.

읽기 전에 ·····················

"뭐가 되고 싶어요?"

미래에 이루고 싶은 소망이나 직업을 떠올렸다면 당신은 아마 몸이 건강할 겁니다. 여기, 오지 않을 미래를 가진 열일곱 살 소년이 있습니다. 내일이 없어 오늘만 살아야 하는 아름이는 어떤 대답을 했을까요? 영화로도 제작된 소설이니 영화와 소설이 어떻게 다르게 구현되었는지 비교해 보는 재미까지 더해 봅시다.

전체 줄거리

선천성 조로증을 앓는 소년 '아름'은 열일곱 살이지만 여든 살의 몸을 지녔다. 책 읽기와 글쓰기를 좋아하는 아름의 곁에는 젊은 부모 '미라'와 '대수', 그리고 유일한 친구인 이웃 할아버지가 있다. 부모보다 훨씬 늙은 몸을 지닌 아름은 자신의 병원비를 마련할 길이 없는 가난한 집안 형편을 눈치채고 성금 모금을 위한 다큐멘터리 프로그램에 자진해서 출연한다. 자신의 투병 생활을 공개한 덕분에 입원 치료를 받을 수 있게 된 아름은 그 텔레비전 출연을 계기로 '서하'라는 동갑내기 여자아이와 편지를 주고받기 시작한다. 골수암에 걸려 병원 생활을 한다는 비슷한 처지의 서하에게 마음을 열게 된 아름은 비로소 가슴 설레는 청춘의 순간을 맛본다.

그러나 아름에게 누구도 예상치 못한 가혹한 일이 벌어진다. 아름은 상처받아 실명까지 하게 되지만, 결국 자신의 비극에 거리를 두고 담담하고 유머 어린 태도를 되찾는다. 아름은 부모님에게 그들이 처음 만난 젊은 시절을 소설로 써 선물한 뒤 부모님 곁에서 눈을 감는다.

(앞부분 생략)

"아름아 뭐 하니?"

어머니가 문 사이로 고개를 디밀었다.

'헉, 깜짝이야.'

나는 짜증을 냈다.

"엄마! 노크!"

어머니는 '아차' 하다, 도리어 큰소리를 냈다.

"노크는 무슨 노크. 지금 방송 시작하는데, 안 봐?"

"벌써 할 때 됐어요?"

"응, 광고하고 있어. 빨리 나와."

나도 방송국 웹사이트에 들어가 예고편을 봤다. 설렘과 어색함, 신기함과 민망함이 섞여 복잡한 마음이 들었지만, 사실 동영상을 보고 제일 먼저 든 생각은 이거였다.

'아! 나는 저거보단 훨씬 괜찮게 생겼는데……'

카메라에 비친 내 모습이 실제보다 못해 억울하고 섭섭한 거였다. 연예인들도 실제로 보면 두 배는 더 예쁘고 멋있다는데, 아마 이런 경우를 두고 하는 말인 듯했다. 그러니 일반인들은 오죽할까. 더구나 방송 한 번에 이리 심란한 기분이라니, 연예인이 되려면 자기를 보통 좋아하지 않고선 힘들겠구나 싶은 마음도 들었다. 문밖에 선 어머니가 '근데' 하고 덧붙였다.

"왜 그렇게 놀라? 뭐 이상한 거 보고 있었던 거 아냐?"

나는 부루퉁히 꿍얼댔다.

"내가 뭐 아빠 줄 아나⋯⋯."

어머니가 눈을 동그랗게 뜨고 다그쳤다.

"아빠? 아빠가 그래?"

나는 그렇긴 뭐가 그러냐며, 곧 나갈 테니 얼른 문 닫으라 핀잔을 줬다. 어머니는 끝까지 의심을 거두지 못한 얼굴로 자리를 떴다. 나는 인터넷 뉴스 창을 닫고, 방송국 홈페이지에 들어가 동영상을 한 번 더 돌려 봤다.

'실제 나이 17세. 신체 나이 80세. 누구보다 빨리 자라, 누구보다 아픈 아이 아름. 각종 합병증에 시달리면서도 웃음을 잃지 않는 아름에게 어느 날 시련이 닥쳐오는데⋯⋯.'

다시 봐도 낯선 영상이었다. 17. 80. 합병증. 웃음⋯⋯ 하나하나 짚어 보면 다 맞는 말인데, 그게 그렇게 알뜰하게 배열된 걸 보니 사실이 사실 같지 않았다.

'괜히 하자고 한 걸까?'

막상 완성된 영상이 전파를 타고 전국에 송출될 생각을 하니 걱정스러웠다. 내가 모르는 이들에게 나를 보여 준다는 게 언짢기도 했다. 정확한 건 본방송이 끝난 후에 알게 될 터였다.

방송은 정확히 여섯 시에 시작됐다. 우리는 거실에 앉아 멀뚱히 티브이를 바라봤다. 영화 관람이라도 하는 양 숨을 죽인 채였다. 화면 위로 광고 몇 개가 지나갔다.

"엄마, 쥐포 없어?"

실없는 말에, 바로 핀잔이 돌아왔다.

"축구 보냐?"

아버지는 여느 때처럼 한쪽 팔에 턱을 괴고 눕는 대신 내무실의 이등병마냥 정좌로 앉아 있었다. 나는 어머니와 아버지 사이에 오도카니 앉아 두 눈을 끔벅였다. 잠시 후, '이웃에게 희망을'이란 글자가 오케스트라 음악과 함께 브라운관 위로 떠올랐다. '아무렴, 인생은 드라마지, 그렇고말고' 주장하는 듯한 느낌의 웅장한 협주곡이었다. 프로그램 제목 뒤로, 하트 모양의 연둣빛 새싹이 둥글게 돋아났다. 이윽고 낭창하게 들려오는 성우의 목소리.

"이웃에게 희망을!"

순간 나는 '으음' 하고 낮게 신음했지만, 재빨리 스스로를 타일렀다.

'뭘 바란 거야, 바보야. 불평하지 마.'

짧은 사이. 곧이어 내 모습이 나타났다. 해 질 녘 병원 앞에서 붉게 물든 구름을 배경으로 상체를 클로즈업해 찍은 거였다. 얼굴 아래론 '한아름, 17세'라는 자막이 짧게 떴다. 앵글 밖, 작가 누나의 목소리가 조그맣게 들려왔다.

"뭐가 되고 싶어요, 아름인?"

승찬 아저씨는 처음부터 음악도, 설명도 없이 바로 훅을 날리는 전략을 취한 듯했다. 우선 질문으로 시청자를 집중하게 만든 뒤, 이야기를 풀어 나가려는 모양이었다. 작가 누나의 질문은 고스란히 자막 처리돼 화면 아래 떴다. 순간 티브이 속의 내가 알 듯 말 듯 한 미소를 지었다. 그러곤 망설이다 천천히 입을 뗐다.

"저는……."

나머지 말이 전해지려는 찰나, 경쾌한 피아노 반주와 함께 곧바로 다음 장면이 이어졌다. 내 대답은 중간이나 마지막에 끼운 모양이었다. 우리 동네를 원경으로 잡은 화면 위로 '누구보다 키 큰 아이, 아름'이란 소제목이 드러났다. 곧이어 내가 책을 읽는 장면이 이어졌다. 그러곤 작가 누나와 나눈 짧은 대화가 나왔다. 일전에 사전 인터뷰 때 나온 말들이었다.

"아름이는 올해 열일곱 살이다. 독서와 농담, 팥빙수를 좋아하고 콩이 들어간 밥과 추위, 유원지를 싫어한다. 하지만 아름이가 무엇보다도 좋아하는 건 엄마, 아빠다. 아름이의 바람은 내년에 열여덟 살 생일을 맞는 것. 얼핏 보면 평범한 꿈이지만, 아름이에겐 오래전부터 혼자 감당해 온 아픔이 있다."

이어서 어머니의 왼쪽 얼굴이 비쳤다.

"세 살 때 애가 자꾸 열이 나고 설사를 했어요. 병원에선 그냥 감기라 하고, 배탈이라 하고……."

아버지의 얼굴은 어머니와 반대로 카메라 오른쪽에서 잡혀 있었다.

"내가 뭘 느껴야 할지 모르겠더라고요. 일단 제일 먼저 든 생각은…… 점심때가 됐으니 애 밥을 먹여야겠다는 거였어요."

이어서 내 어릴 때 사진이 한 장, 한 장 슬로 모션으로 지나

갔다. 돌잡이 때 명주실을 잡고 배시시 웃고 있는 얼굴, 커다란 기저귀를 찬 채 엉덩이를 번쩍 들고 카메라를 돌아보는 모습, 대야 속에 담기기 전 엄마 손 위에서 눈을 질끈 감고 있는 사진 등이었다. 어느 집 앨범에나 있는 보통의 풍경들. 하지만 그 뒤에 나온 사진들은 좀 달랐다. 내 몸이 갓 태어났을 때로 다시 돌아가듯 급격히 쪼그라들고 있었기 때문이다. 마치 한 사람이 순식간에 폭삭 늙는 과정을 보여 주는 것 같았다.

"남들보다 네 배에서 열 배까지 빠른 성장 속도를 보이게 되죠. 외모만 그런 게 아니라 뼈와 장기의 노화도 동반되고요. 하지만 아름이가 가장 힘든 부분은……."

'어? 김숙진 원장님이다!'

나는 소아청소년과 진료실에 있는 선생님을 보고 반색했다. 티브이로 보니 괜히 신기한 게 알은체를 하고 싶었다. 선생님의 말씀과 함께 내가 MRI 기계에 들어가는 모습이 오버랩됐다.

"아마 정서적인 부분일 겁니다."

그리고 뒤이어, 이런저런 검사 장면과 함께 차분한 내레이션이 이어졌다.

"조로증은 아이들에게 조기 노화 현상이 나타나는 치명적이고 희귀한 질환이다. 지금까지 세계에 보고된 것만 백 건 정도. 한국에서도 사례를 찾아보기 힘들다. 하루를 십 년처럼 살고 있는 아름이는 현재 심장마비와 각종 합병증의 위험을 안고 있다. 최근에는 황반 변성으로 한쪽 시력마저 잃은 상태다.

병원에서는 입원을 하루속히 권하지만 현재 아름이네 형편으론 쉽지가 않은데."

"오랫동안 치료받으면서 무슨 생각을 했니?"
"그게…… 음, 혼자라는 생각요."
"그래?"
"아니요, 부모님이 저를 외롭게 두셨다는 뜻이 아니고, 아플 때는 그냥 그런 기분이 들어요. 철저하게 혼자라는. 고통은 사랑만큼 쉽게 나눌 수 있는 게 아니라는. 더욱이 그게 육체적 고통이라면 그런 것 같아요."
"하느님을 원망한 적은 없니?"
"솔직하게 말해도 돼요?"
"그럼."
"사실 저는 아직도 잘 모르겠어요."
"뭐를?"
"완전한 존재가 어떻게 불완전한 존재를 이해할 수 있는지…… 그건 정말 어려운 일 같거든요."
"……."
"그래서 아직 기도를 못 했어요. 이해하실 수 없을 것 같아서."
그런 뒤 나는 겸연쩍은 듯 말을 보탰다.
"하느님은 감기도 안 걸리실 텐데. 그죠?"
그리고 다시 성우의 목소리.

"조로증의 원인은 아직 알려지지 않았다."

질문은 사연 사이사이, 드문드문, 적절하게 안배됐다. 문맥
과 리듬에 신경 쓴 승찬 아저씨의 노력이 엿보이는 편집이
었다.

"또래 아이들이 가장 부러울 때는 언제야?"

"많죠! 정말 많은데…… 음, 가장 최근에는 티브이에서 무
슨 가요 프로그램을 봤을 때예요."

"가요 프로그램이면, 아이돌 말이니?"

"아니요, 비슷한 건데, 가수가 될 사람을 뽑는 경연 대회 같
은 거였어요."

"그래?"

"네, 근데 그 오디션에 제 또래 애들이 오십만 명 넘게 응시
했대요. 뭔가 되고 싶어 하는 애들이 그렇게 많다는 데 좀 놀
랐어요."

"부러웠구나? 꿈을 이룬 아이들이."

"아니요, 그 반대예요."

"반대라니?"

"제 눈에 자꾸 걸렸던 건 거기서 떨어진 친구들이었어요. 결
과를 알고 시험장 문을 열고 나오는데, 대부분 울음을 터뜨리
며 부모 품에 안기더라고요. 진짜 어린애들처럼. 세상의 상처
를 다 받은 것 같은 얼굴로요. 근데 그 순간 그 애들이 무지무
지 부러운 거예요. 그 애들의 실패가."

"왜 그런 생각을 했니?"

"그 애들, 앞으로도 그러고 살겠죠? 거절당하고 실망하고, 수치를 느끼고. 그러면서 또 이것저것을 해 보고."

"아마 그렇겠지?"

"그 느낌이 정말 궁금했어요. 어, 그러니까…… 저는…… 뭔가 실패할 기회조차 없었거든요."

"……."

"실패해 보고 싶었어요. 실망하고, 그러고, 나도 그렇게 크게 울어 보고 싶었어요."

그 뒤로는 예상대로 부모님의 인터뷰, 의사들의 소견, 어릴 때 일화 등이 번갈아 소개됐다. 그사이엔 '그래도 제가 누나보다 오래 살았을걸요?'라는 농담과, 지난번 작가 누나를 당황하게 만든 '빨리 늙는 기분'과 같은 얘기도 들어가 있었다. 모니터 상단에는 방송 내내 조그맣게 ARS 번호가 붙박여 있었다. 기부는 전화뿐 아니라 온라인으로 일반 후원금도 모금하고 있으며, 신용카드 포인트로도 가능하다고 했다. 방송은 어느새 막바지를 향해 가고 있었다. 어머니와 아버지는 시계를 보며 조금 얼빠진 표정을 지었다. 자기들한테 그렇게 많은 말을 시켜 놓고, 본방에서 겨우 몇 마디 인용해 놓은 게 어리둥절한 눈치였다. 심지어는 조금 섭섭해하는 것도 같았다. 하지만 초반에 건너뛴 부분이 다시 재생되자 두 사람은 다시 방송에 집중했다. 녹화 당시 부모님도 못 봤던 장면이었다.

"그래서 뭐가 되고 싶어요, 아름인?"

"저는……."

한참 뜸을 들이다 나는 수줍게 입을 열었다.

"세상에서 제일 웃기는 자식이 되고 싶어요."

"……좀 더 설명해 줄래?"

"누가 그러는데 자식이 부모를 기쁘게 해 줄 수 있는 방법엔 여러 가지가 있대요."

"응, 그렇지."

"건강한 것. 형제간에 의좋은 것. 공부를 잘하는 것. 운동을 잘하는 것. 친구들에게 인기가 많은 것. 좋은 직장에 들어가는 것. 결혼해서 아기를 낳는 것. 부모보다 오래 사는 것…… 많잖아요? 그런데 가만 생각해 보니 그중에 제가 할 수 있는 게 아무것도 없더라고요."

"……."

"그래서 한참을 고민하다 생각해 냈어요. 그럼 나는 세상에서 제일 재밌는 자식이 되자고."

"그래?"

"네."

카메라는 얼마간 그렇게 가만 웃고 있는 내 얼굴을 비췄다. 그러곤 잠깐 그 상태로 멈추더니 곧바로 엔딩 크레디트가 올랐다. 프로듀서 채승찬, 글·구성 박나래…… 내레이션, 촬영, 음향 스태프 등의 이름이 줄을 이었다. 끝으로 방송사 로고가 보일 때까지 우리는 아무 말도 하지 않았다. 셋 다 처음 겪는 일이라, 정신을 추스르는 데 시간이 필요했던 거다. 그런데 때마침 현관에서 '쿵쿵쿵쿵' 하는 소리가 났다. 난데없고 성마른 소리였다. 우리 가족은 모두 깜짝 놀라 그쪽을 바라봤다. 문밖에선 여전히 다급한 노크 소리가 들려오고 있었다. 아버지가 경계하듯 소리쳤다.

"누구세요?"

"날세."

"누구요?"

"나야. 옆집 장씨."

아버지는 우릴 보고 어깨를 으쓱한 뒤, 현관문을 딸깍 열었다. 장씨 할아버지는 다짜고짜 거실로 들어서며 숨을 헐떡였다. 그러고는 충격을 받은 듯한 태도로 내게 물었다.

"아름아, 방송 봤니?"

나는 얼떨떨한 얼굴로 답했다.

"네."

장씨 할아버지는 자리에 털썩 주저앉으며 재차 물었다.

"정말? 정말 봤어?"

어머니가 미간을 찌푸리며 물었다.

"왜 그러세요 할아버지?"

그러자 장씨 할아버지는 머리를 감싸안은 채 절망적인 표정으로 중얼거렸다.

"내가 안 나와······."

(중간 부분 생략)

「누구보다 키 큰 아이, 아름」이 방영된 날, 나는 밤새 방송국 사이트를 뒤적였다. 이래저래 심란하기도 하고, 사람들 반응이 궁금해서였다. '재밌는 얘기가 있으면 잘 기억해 뒀다 부모님께 들려줘야지.' 하는 마음도 없지 않았다. 홈페이지 상단엔 다시보기, 미리보기, 시청자 소감, 사연 신청 등의 메뉴가 나열돼 있었다. 나는 시청자 소감란에 들어가 게시물을 살폈다. 게시판엔 벌써 여러 개의 글이 올라와 있었다. 나는 그중 가장 최근에 오른 사연을 클릭했다. '방송 잘 봤습니다'라는 평범한 제목의 글이었다. 마우스를 쥔 손이 조금 떨렸다. 어쩌면 우리가 공식적으로 받아 보는 첫 번째 '편지'일지도 모른다는 생각에서였다. 물론 그전에 나도 온라인 채팅이나 커뮤니티 활동을 했었다. 어떤 클럽에서는 꽤 인기 있는 회원이기도 했다. 하지만 그들은 모두 내가 어떤 사람인지 몰랐다. 한밤중 자기와 신나게 대화를 나누고 있는 상대가 세계적으로도 보기 드문 희귀병에 걸린 소년이라고 상상할 이도 없겠거니와, 내 쪽에서 먼저 밝힌 적도 없었기 때문이다.

'하지만 이 사람들은 안다……..'

알고 쓴 편지다……라고 생각하니 읽기도 전에 떨리는 마음이 들었다. 나는 숨죽인 채 첫 번째 편지의 봉인을 뜯었다.

'이번 주에 방송된 「누구보다 키 큰 아이, 아름」편 잘 보았습니다.'

나는 긴장한 채 다음 문장을 읽었다.

'거기 오프닝에 나온 음악, 제목이 뭔가요?'

'······?'

잠시 모니터를 바라봤다. 그러곤 헛기침을 한 뒤 재빨리 다음 목록으로 넘어갔다. 아이디 '푸른하늘'의 '문의드립니다'라는 글이었다.

'지난달에 「미소 천사, 정희」편을 인상 깊게 본 시청자입니다. 방송을 보고 안타까운 마음에 기부를 했습니다. 그런데 이번에 고지서를 보니, 저는 분명 천 원으로 알고 전화를 건 건데, 이천 원이 결제돼 있더군요. 전산 오류인가요? 기분이 좋지 않았습니다. 설명 부탁드립니다. 참고로 제가 천 원이 아까워서 이러는 건 아닙니다.'

"······."

그 뒤에도 마찬가지였다. 나는 '아, 게시판에는 정말 별별 말이 다 올라오는구나.' 하는 사실을 새삼 깨달았다. 개중에는 지난 방송을 보고 '왜 외국인을 돕느냐.'라는 항의도 있었고, 'H병원 레지던트 너무 훈남인 것 같아요.'라는 반응도 있었다. '내레이터가 미혼모인 걸로 아는데, 공영 방송에서 그런 여자를 써도 되냐.'라는 훈계도, '여기 게시판 넘 예뻐요.'라는 여담도 있었다. 그리고 몇 번의 클릭 끝에, 나는 우리 가족을 향해 쓴 격려의 메시지를 발견할 수 있었다. '한아름 군 힘내세요' '가슴이 아팠습니다' '사랑스런 아이, 아름' '돕고 싶습니다'와 같은 제목의 글들이었다.

'제가 이 글을 쓰는 이유는 용기를 잃지 마시란 얘길 드리기 위해서입니다. 아름 군도, 부모님도 그동안 얼마나 힘드셨나요. 제가 오 년간 항암 치료를 받아 봐서 아름 군 마음이 조금 이해가 됩니다. 아무리 가족이라지만 하지 못하는 말이 많다는 것도 압니다. 할 수 없는 말도, 해선 안 되는 말도 있지요. 아름이는 나이에 비해 정말 씩씩하더군요. 하지만 아름이도 아마 저처럼 악을 쓰며 세상에 저주를 퍼붓고 싶을 때가 있었겠지요. 괜찮다면, 아름 군, 그러고 싶을 땐 부디 그래 주세요. 웃다 지친 사람은 더 약해집니다. 제가 무슨 말을 하는지 모르겠습니다. 감정이 북받쳐서 글을 올렸습니다. 힘내 주세요. 응원하겠습니다.'

'아름이 형! 저는 안산 사는 열두 살 지홍이라고 해요. 오늘 방송을 보고 부모님이 그러셨어요. 아이들이 걸음마를 뗄 때, 초등학교에 들어갈 때, 졸업할 때, 박수쳐 주는 건 다 이유가 있는 거라고요. 자라는 건 놀랍고 어려운 일이래요. 그러니 형은 남들보다 빨리 자라느라 얼마나 힘드셨겠어요? 아름이 형! 저는 오늘 처음 제 돼지 저금통을 깼어요. 얼마 안 되지만 이 돈은 병원비가 아닌 형 비상금으로 써 주지 않을래요? 그러면 제가 기쁠 거예요.'

'서울 사는 대학생입니다. 아름이가 하는 말들이 왜 제 마음을 흔드는지 생각해 봤습니다. 무례한 말씀입니다만, 그건 아마 아름이에게도 영혼이 있다는 사실을 확인해서였던 것 같아요. 마치 예전에는 그것이 존재하지 않기라도 했던 양. 부끄러운 밤입니다.'

'두 아이의 엄마입니다. 아이를 낳은 후 제 삶은 많이 변했습니다. 세상을 바라보는 시선도 달라졌고요. 세상엔 정말 경험해 보지 않곤 알 수 없는 것들이 있는 것 같습니다. 저는 서른 넘어 첫애를 가졌는데, 출산이 두려웠습니다. 부모가 되는 즉시, 제 삶이 평범해지고 말 것 같았으니까요. 이십 대만 해도 제가 뭔가 더 특별한 사람이 될 거란 기대 속에 살았는데, 이제 나는 그냥 '엄마'밖에 될 수 없겠구나, 그걸로 끝이겠구나 싶어 불안했습니다. 나는 그렇게 시시하게 살 사람이 아닌데 하고요. 하지만 첫애를 보고 나서, 제가 스스로를 무척 자랑스러워한다는 걸 느낄 수 있었습니다. 좋지 않게 헤어진 예전 애인들에게조차 순수하게 자랑하고 싶은 마음이 들었으니까요. 아마 아름이 부모님도 그러셨겠지요? 어느 날 저처럼 엄마가 된 아름이 어머님, 그리고 아버님. 방송을 보니 두 분이 아름이를 얼마나 잘 키우셨는지 알 것 같습니다. 아름이 말대로 공부 잘하는 아이, 운동 잘하는 아이는 부모를 기쁘게 하지만, 부모 입장에서는 자식을 선하게 키우는 것만큼 어려운 게 없지요. 힘내시란 말씀은 쉽게 못 드리겠습니다. 하지만 대단한 일을 하셨다고, 이 말만은 꼭 전해 드리고 싶어요.'

여러 글을 읽는 동안, 나도 모르게 눈동자가 흔들렸다. 이해라는 말, 예전에는 나도 참 싫었는데, 얼굴도 모르는 사람들이 먼 곳에서 건네주는 따뜻한 악수가 먹먹했다. 터무니없단 걸 알면서도, 또 번번이 저항하면서도, 우리는 이해라는 단어의 모서리에 가까스로 매달려 살 수밖에 없는 존재라는 생각이 들었다. 그런데 어쩌자고 인간은 이렇게 이해를 바라는 존재로 태어나 버리게 된 걸까? 그리고 왜 그토록 자기가 느낀 무언가를 전하려 애쓰는 걸까? 공짜가 없는 이 세상에, 가끔은 교환이 아니라 손해를 바라고, 그러면서 기뻐하는 사람들은 또 왜 존재하는 걸까. 나는 몇 개의 글을 더 훑어봤다. 그리고 그러는 동안 내가 조금은 덜 외로워하고 있다는 느낌을 받았다. 한참 뒤, 나는 마지막으로 '대단하다'는 제목의 게시물을 클릭했다. 그리고 그 내용은 다음과 같았다.

'대단하다. 나라면 자살했을 텐데……ㅋㅋㅋ'

(뒷부분 생략)

1 **이 소설의 주인공 아름이에 대한 물음에 답해 보자.**

> (1) 병명은 무엇이고, 현재 상태는 어떠한가?
>
> (2) TV 오디션 프로그램을 보고 부러워한 사람과 그 이유는?

2 **아름이 방송에 다양한 시청자 소감이 올라왔다. 나도 시청자의 한 사람으로 소감을 적어 보자.**

> ▶ 제가 오 년간 항암 치료 받아 봐서 아름 군 마음이 조금 이해가 됩니다. 용기 잃지 마세요.
>
> ▶ 형은 남들보다 빨리 자라느라 얼마나 힘드셨겠어요? 오늘 제 돼지 저금통 깼어요.
>
> ▶ 아름이가 하는 말들이 왜 제 마음을 흔드는지 생각해 봤습니다.
>
> ▶ 아름이 부모님, 방송을 보니 두 분이 아름이를 얼마나 잘 키우셨는지 알 것 같습니다. 부모 입장에서는 자식을 선하게 키우는 것만큼 어려운 게 없지요. 대단하십니다.
>
> ▶ 맞는 말씀입니다. 공감
>
> ▶ 대단하다. 나라면 자살했을 텐데……ㅋㅋㅋ
>   └ 이런 말은 아름이 가족에게 큰 상처가 될 거라는 생각 안 하나?
>
> ▶

3 자라야 하는 아름이는 늙어 가고 있다. 다음 부분을 참고해서 '자란다'와 '늙는다'
는 말은 각각 어떤 의미를 담고 있는지 생각해 보자.

> "그 애들, 앞으로도 그러고 살겠죠? 거절당하고 실망하고, 수치를 느끼고, 그
> 러면서 또 이것저것을 해 보고."
> "아마 그렇겠지?"
> "그 느낌이 정말 궁금했어요. 어, 그러니까…… 저는…… 뭔가 실패할 기회
> 조차 없었거든요."
> "……."
> "실패해 보고 싶었어요. 실망하고, 그리고, 나도 그렇게 크게 울어 보고 싶었
> 어요."

의미 ＼ 구분	자라다	늙다
사전적인 의미	• 생물이 생장하거나 성숙하여 지다. • 힘이나 능력이 일정한 정도에 이르다.	• 한창때를 지나 쇠퇴하다. • 흔히 중년이 지난 상태가 됨을 이른다.
현실적인 의미	보통 20세 전의 미성년자에게 어울리는 말이다. 어떤 일에 도전하고 실패하고 실망하고 또 도전하고 실패하고 절망하면서 일정한 정도에 이르니까 아프고 힘든 과정을 이르는 말인 것 같다.	

양반전

박지원

박지원

조선 후기에 활동한 실학자 겸 소설가. 1737년에 태어나 1805년에 세상을 떠났다. 호는
'연암'이다. 현실에 안주하지 않은 비판적 지식인이었고, 중국의 선진 문물을 배우고 실천
하려고 하였던 북학의 선두 주자였다. 청나라에 가서 그들의 생활을 직접 보고 돌아와 중
국의 역사·사회·문화 등을 폭넓게 소개한 기행문집 『열하일기』를 썼다. 양반 계층의 타락
상을 고발한 한문소설 「양반전」「허생전」「민옹전」 등을 지었다.

읽기 전에 ~~~~~~~~~

지금 여러분에게 꼭 필요한 한 가지는 무엇인가요? 언제나 내 편이 되어
줄 진정한 친구, 꿈꾸던 멋진 이성과의 설렘 가득한 만남, 건강하게 오래
오래 잘 사는 것, 어마어마한 부자가 돼서 남부럽지 않게 살아 보는 것, 그
것도 아니라면 안정적인 미래를 설계하는 것인지요? 여기 많은 돈을 지불
하더라도 양반 신분을 얻고 싶은 조선 시대의 부자가 있습니다. 부자의 간
절한 소망은 이루어질까요? 조선 시대 부자의 양반 되기 프로젝트가 과연
성공할 수 있을지 그 결과를 확인해 보도록 해요.

1

강원도 정선 고을에 한 양반이 살았다. 그는 성품이 어질고 글 읽기를 매우 좋아하였다. 온 고을에 인품이 높기로 소문이 나서 새로 군수가 부임해 올 때면 으레 그 집에 찾아가 먼저 인사를 드렸다. 그런데 그 양반은 살림이 워낙 가난해서 해마다 관가에서 곡식을 빌려다 먹고 여러 해 동안 갚지 못하였다. 이렇게 빌린 관곡(官穀)*이 그럭저럭 천 석이 넘었다.

어느 날 강원도 감사가 정치의 잘잘못을 가리고 백성들의 형편을 살피기 위해 정선 고을에 들렀다. 감사는 관곡의 출납을 조사하다가 몹시 노하였다.

"어떤 놈의 양반이 이렇게 많은 관곡을 축냈단 말이냐?"

감사는 양반을 당장 잡아 가두라고 불호령을 내렸다.

'그 양반이 무슨 수로 천 석을 갚는단 말인가?'

영을 받은 군수는 마음속으로 측은하게 여겼지만, 달리 뾰족한 수가 없었다. 그래서 차마 잡아 가두지도 못하고, 감사의

---

* 관곡 국가나 관청에서 갖고 있는 곡식.

서슬 퍼런 영을 거역할 수도 없어서 그저 한숨만 내쉬고 있었다.

양반 역시 곧 이 소식을 전해 들었지만, 밤낮으로 훌쩍훌쩍 울기만 할 뿐 아무런 대책을 세우지 못하였다.

양반의 아내가 이 꼬락서니를 보고 있자니 기가 막히고 어이가 없어 혀를 끌끌 찼다.

"당신은 평생 글만 읽더니, 이제는 관가에서 꾸어다 먹은 곡식도 못 갚는구려. 양반, 양반 하더니 참 딱하오! 그놈의 양반이란 것이 한 푼 값어치도 안 나간단 말이오!"

때마침 그 마을에 한 부자가 살고 있었다. 부자는 양반이 곧 붙잡혀 가게 생겼다는 말을 듣고는, 식구들을 모두 모아 놓고 의논하였다.

"양반은 아무리 가난해도 늘 귀하게 대접받고 떵떵거리며 사는데, 우리는 아무리 돈이 많아도 늘 천한 대접만 받는단 말야. 말 한 번 거들먹거리며 타 보지도 못하고, 양반만 보면 저절로 기가 죽어 굽실거리며 섬돌* 아래 엎드려 절하고, 늘 코를 땅바닥에 대고 엉금엉금 기어야 하니 참 더러운 일이야. 이제 저 건넛집 양반이 관곡을 갚지 못해 곧 붙잡혀 가게 생긴 모양인데, 그 형편에 도저히 양반 자리를 지켜 내지 못할 거란 말이야. 이 기회에 내가 그 자리를 사서 양반 행세를 한번 해

* 섬돌 집채의 앞뒤에 오르내릴 수 있게 놓은 돌층계.

보면 어떨까?"

부자는 곧 양반을 찾아가 자기가 관곡을 대신 갚아 줄 테니 그 대가로 양반 자리를 넘겨 달라고 흥정을 붙였다. 양반은 속수무책으로 잡혀갈 날만 기다리던 참이라, 몹시 기뻐하며 그 자리에서 승낙을 하였다. 부자는 곧바로 곡식을 관가에 싣고 가서 양반의 관곡을 모두 갚아 주고 양반 자리를 사들였다.

2

군수는 양반이 관곡을 모두 갚았다는 말을 통인(通引)˙에게 전해 듣고 깜짝 놀랐다. 그 형편에 천 석이나 되는 관곡을 어떻게 한꺼번에 갚을 수 있었는지 영문을 알 수 없었다. 그래서 위로도 할 겸 궁금증도 풀 겸 몸소 양반을 찾아갔다.

그런데 뜻밖에도 양반은 의관(衣冠)˙도 갖추지 않고 벙거지에 짧은 잠방이를 입은 채 사립문 밖 땅바닥에 엎드려 "쇤네, 쇤네." 하면서 군수를 감히 바로 쳐다보지도 못하는 것이었다.

군수는 깜짝 놀라 말에서 뛰어내려 양반의 손을 붙잡고 일으켜 세우려 하였다.

"이게 도대체 어찌 된 일이오? 대관절 왜 이러시오?"

˙통인 관가에서 잔심부름을 하는 관리.
˙의관 양반이 차려입는 남자의 옷옷과 갓.

그러나 양반은 더욱 황송한 듯 연방 머리를 조아렸다.

"황송하옵니다. 쇤네가 양반 자리를 팔아서 관곡을 갚았사옵니다. 이제 저 건넛집 부자가 양반이옵니다. 그러니 어찌 이미 팔아먹은 양반 행세를 하겠나이까?"

군수는 그 말을 듣고 감탄하였다.

"허허, 그 부자가 참으로 점잖구려. 그 부자야말로 진실로 양반답구려. 부자이면서도 인색하지 않으니 의로운 것이요, 남의 어려운 일을 기꺼이 도와주니 어진 것이요, 낮고 천한 것을 미워하고 높고 귀한 것을 좋아하니 어찌 슬기롭다 하지 않으리오. 그 의롭고 어질고 슬기로운 사람이야말로 진짜 양반이 아니겠소. 그러나 이보시오. 아무리 그렇다 해도 귀한 양반 자리를 사고팔면서 어찌 증서 하나도 남기지 않고 사사로이 주고받는단 말이오? 그러면 나중에 소송의 꼬투리가 되기 쉬우니, 내가 이 고을의 군수로서 고을 백성들을 모아 증인을 세우고 직접 증서를 만들어 서명을 해야겠소."

군수는 곧 돌아가 정선 고을에 사는 양반들을 모두 불러 모았다. 그리고 농사꾼과 공장(工匠),* 상인들까지 관심 있는 사람이면 누구나 참관할 수 있게 하였다.

양반이 된 부자는 마땅히 마루 위 높은 자리에 앉히고, 천민이 된 양반은 당연히 섬돌 아래 서서 고개를 숙이고 있게 하였

• 공장 수공업에 종사하는 사람.

다. 그리고 고을의 백성들이 지켜보는 가운데 증서를 만들기 시작하였다.

1745년 9월 아무 날에 이 증서를 만드노라. 양반을 팔아서 관곡을 갚았는데 그 값이 쌀 일천 석이라. 본래 양반은 여러 가지로 불리는데, 글만 읽는 양반은 '선비'라 하고, 벼슬살이하는 양반은 '대부(大夫)'라 하고, 덕이 높은 양반은 '군자(君子)'라 하느니라. 임금 앞에 나아가 무반(武班)은 서쪽에 늘어서고 문반(文班)은 동쪽에 늘어서니, 이 양쪽을 통틀어 양반(兩班)이라 하느니라. 이 여러 가지 중에서 마음대로 골라잡으면 되느니라.

그러나 양반이 반드시 지켜야 할 것이 있으니, 이것을 어겨서는 안 되느니라. 양반은 절대로 천한 일을 해서는 안 되며, 옛사람의 아름다운 일을 본받아 뜻을 고상하게 세워야 하느니라. 새벽 네 시가 되면 일어나 이부자리를 잘 정돈한 다음 등불을 밝히고 꿇어앉는데, 앉을 때는 정신을 맑게 가다듬어 눈으로 코끝을 가만히 내려다보고, 두 발꿈치는 가지런히 한데 모아 엉덩이를 괴어야 하며, 그 자세로 꼿꼿이 앉아 『동래박의(東來薄儀)』*를 얼음 위에 박 밀듯이 술술술 외워야 하느니라. 배고픈 것은 참고 추운 것도 견뎌야 하며 어떤 일이 있어도 가난하다는 말을 입 밖에 내서는 안 되느니라. 그리고 일없이 앉아 있을 때는 건강을 위하여 아래윗니를 마주쳐 딱딱딱 소리를 내며, 손바닥을 뒤에

• 『동래박의』 중국 송나라 때 여조겸이 지은 책.

댄 채 손가락을 목 뒤로 돌려 뒤통수를 톡톡 퉁기면서 콧소리를 콩콩 내며, 입맛을 다시듯이 입안에 침을 모아 삼켜야 하느니라. 탕건*이나 갓의 먼지는 소맷자락으로 문질러 털되 먼지가 파도치듯이 일어나게 해야 하며, 세수할 때는 주먹의 때를 밀지 말며, 양치질을 해서 입 냄새가 나지 않게 하며, 하인을 부를 때는 "도올쇠야－" 하고 목소리를 길게 뽑아서 부를 것이며, 걸을 때는 느릿느릿 신발을 땅에 끌며 걸어야 하느니라.『고문진보(古文眞寶)』나『당시품휘(唐詩品彙)』*를 깨알같이 베껴 쓰되 한 줄에 백 자가 되도록 해야 하며, 손에 돈을 만져서는 안 되며, 쌀값을 물어서는 안 되며, 아무리 더워도 버선을 벗어서는 안 되느니라. 밥을 먹을 때는 맨상투 바람으로 먹지 말며, 국부터 먼저 마시지 말며, 국을 먹을 때는 방정맞게 후루룩 소리나게 마시지 말며, 젓가락을 방아 찧듯이 톡톡거리지 말며, 날파를 먹고 냄새를 풍기지 말아야 하느니라. 술 마실 때는 수염을 쭉쭉 빨지 말며, 담배 피울 때는 볼이 오목하게 파이도록 연기를 깊이 빨아들이지 말아야 하느니라. 아무리 화가 나도 아내를 때려서는 안 되며, 분통이 터져도 그릇을 던져서는 안 되며, 주먹으로 아이를 때려서는 안 되며, 종에게 잘못이 있다고 때려 죽여서는 안 되며, 마소*를 야단칠 때도 그것을 팔아먹은 원래 주인을 욕해서는

• 탕건 벼슬아치가 갓 아래 받쳐 쓰던 머리쓰개의 하나.
•『고문진보』 중국 송나라 때 황견이 중국 역사상 훌륭한 시와 문장을 모아 엮은 책.
•『당시품휘』 중국 명나라의 고병이 당나라의 훌륭한 시를 가려 뽑은 책.
• 마소 말과 소.

안 되느니라. 아프다고 무당을 불러 푸닥거리를 해서도 안 되며, 제사를 지낼 때 중을 불러다가 재*를 올려서도 안 되며, 춥다고 화롯불을 쬐어도 안 되며, 말할 때 침을 튀겨서도 안 되며, 소 잡는 백정 노릇을 해서도 안 되며, 돈놀이를 해서도 안 되느니라.

이와 같이 양반에게는 엄연히 지켜야 할 도리가 있으니, 양반이 된 부자가 여기서 한 가지라도 어길 때는 천민이 된 양반이 이 증서를 가지고 관가에 와서 소송을 하여 양반 자리를 다시 찾을 수 있느니라.

이렇게 하여 군수가 증서 끝에 먼저 이름을 쓰고, 좌수와 별감도 나란히 서명을 하였다. 곧이어 통인이 도장을 가져와 여기저기 풍풍 찍어 대는데, 그 소리가 마치 북을 치는 것과 같고, 그 찍은 모양이 밤하늘의 별자리와 같았다.

호장(戶長)*이 이 증서를 소리 높여 읽어 주니, 부자는 길게 한숨을 내뿜으며 이렇게 뇌까렸다.

"양반이라는 게 겨우 요것뿐이란 말이오? 양반은 신선이나 다름없다더니, 정말 요것뿐이라면 그 많은 곡식만 축낸 것이 억울하오. 아무쪼록 좋은 쪽으로 잘 좀 고쳐 주시오."

군수는 부자의 요청을 받아들여 이미 만들어진 증서를 내버

• 재 명복을 빌기 위하여 드리는 불공.
• 호장 관아의 벼슬아치 밑에서 일을 보는 사람들의 우두머리.

리고 다시 고쳐 쓰기 시작하였다.

　하늘이 백성을 냘 때 네 가지(사농공상士農工商)로 구분하였느
니라. 이 가운데 가장 으뜸가는 것이 선비요 곧 양반이니, 이보
다 더 좋은 것은 없느니라. 양반은 몸소 농사짓지 않고 장사도
하지 않으며, 조금만 글을 읽으면 크게는 문과에 급제하고 작게
는 진사가 되느니라. 문과에 급제하게 되면 홍패*를 받는데, 그
길이는 비록 두 자밖에 안 되지만 이것만 받게 되면 백 가지를 두
루 갖추게 되니 돈 자루나 다름없는 것이니라. 진사가 나이 서른
에 첫 벼슬을 하더라도 오히려 늦은 것이 아니니 이름 높은 음관*
이 될 수 있느니라. 게다가 남인*에게 잘만 보이면 큰 고을 수령
자리는 따 놓은 당상이니 귓바퀴가 일산* 덕분에 하얘지고, 종놈
들의 "예이-" 하는 소리에 먹지 않아도 절로 배가 부르고, 방 안
에는 어여쁜 기생을 데려다 앉혀 놓고, 뜰에는 학을 길러 날게
할 수 있느니라. 하다못해 시골에서 가난한 선비로 살더라도 자
기 멋대로 할 수 있으니, 이웃집 소를 빌려 자기 밭을 먼저 갈게
하고, 마을 사람을 불러다가 자기 밭을 먼저 김매게 할 수 있느
니라. 만일 어떤 놈이 양반을 업신여기고 말을 듣지 않을 때는
그놈의 코에다 잿물을 들이붓고 상투 꼬투리를 잡아 휘휘 돌리

• 사농공상 예전에, 백성을 나누던 네 가지 계급. 선비, 농민, 공장, 상인을 이르던 말.
• 홍패 문과 과거의 합격증.
• 음관 과거를 거치지 않고 조상의 덕으로 얻는 벼슬.
• 남인 당시에 실권을 잡은 당파.
• 일산 햇볕을 가리기 위하여 세우는 큰 양산.

고 수염을 잡아 뽑는다 하더라도 감히 원망할 수 없으니…… .

새로 고쳐 쓴 증서가 거의 반쯤 되었을 때, 부자는 기가 막히고 어이가 없어 귀를 꽉 막고 혀를 설레설레 내둘렀다.

"제발 그만! 그만하시오! 양반이라는 것이 참 맹랑하기도 하오. 나리님네들은 지금 나를 날도둑놈으로 만들 작정이오?"

부자는 말을 마치기가 무섭게 손으로 머리를 싸매고는 뒤도 안 돌아보고 달아나 버렸다. 그리고 그 뒤로 죽는 날까지 다시는 '양반'이라는 말을 입 밖에 내지 않았다.

1 **작품의 내용을 바탕으로 등장인물의 성격이나 특징과 연관 있는 것끼리 짝지어 보자.**

정선 양반

 • 높고 귀한 대접을 받는 양반 신분을 사려고 함.
 • 선량하지만 양반의 본질에 대한 이해가 없음.

부자

 • 양반 매매 증서를 두 번 작성함.
 • 부자가 양반이 되는 것을 포기하게 만듦.

군수

 • 양반이라는 신분보다는 현실적인 문제를 중시함.
 • 남편을 존중하기보다는 아무런 쓸모가 없다고 비난함.

정선 양반의 처

 • 어질고 글 읽기를 좋아함.
 • 가난하고 무능력하며 대책이 없음.

2 **군수가 만든 증서에 나타난 양반의 모습을 이야기해 보자.**

1차 증서	2차 증서
손에 돈을 만져서는 안 되며, 쌀값을 물어서는 안 되며, 아무리 더워도 버선을 벗어서는 안 되느니라. 밥을 먹을 때는 맨상투 바람으로 먹지 말며, 국부터 먼저 마시지 말며, 국을 먹을 때는 방정맞게 후루룩 소리 나게 마시지 말며…….	하다못해 시골에서 가난한 선비로 살더라도 자기 멋대로 할 수 있으니, 이웃집 소를 빌려 자기 밭을 먼저 갈게 하고, 마을 사람을 불러다가 자기 밭을 먼저 김매게 할 수 있느니라.
↓	↓
양반의 모습 :	양반의 모습 :

3 다음 내용을 통하여 작품 속에 드러난 당시 사회의 모습을 이야기해 보자.

> 군수는 양반이 관곡을 모두 갚았다는 말을 통인에게 전해 듣고 깜짝 놀랐다. 그 형편에 천 석이나 되는 관곡을 어떻게 한꺼번에 갚을 수 있었는지 영문을 알 수 없었다. 그래서 위로도 할 겸 궁금증도 풀 겸 몸소 양반을 찾아갔다.
>
> 그런데 뜻밖에도 양반은 의관도 갖추지 않고 벙거지에 짧은 잠방이를 입은 채 사립문 밖 땅바닥에 엎드려 "쉰네, 쉰네." 하면서 군수를 감히 바로 쳐다보지도 못하는 것이었다.
>
> 군수는 깜짝 놀라 말에서 뛰어내려 양반의 손을 붙잡고 일으켜 세우려 하였다.
>
> "이게 도대체 어찌 된 일이오? 대관절 왜 이러시오?"
>
> 그러나 양반은 더욱 황송한 듯 연방 머리를 조아렸다.
>
> "황송하옵니다. 쉰네가 양반 자리를 팔아서 관곡을 갚았사옵니다. 이제 저 건넛집 부자가 양반이옵니다. 그러니 어찌 이미 팔아먹은 양반 행세를 하겠나이까?"

● 작품 속에 드러난 당시 사회의 모습 :

----

4 이 작품에서는 양반의 부정적 모습을 확대하고 과장해서 제시하는 '풍자'의 방법으로 양반의 모습을 우스꽝스럽게 나타내고 있다. 다음 두 예문을 통해 양반의 어떤 면을 풍자하고 있는지 파악해 보자.

> "당신은 평생 글만 읽더니, 이제는 관가에서 꾸어다 먹은 곡식도 못 갚는구려. 양반, 양반 하더니 참 딱하오! 그놈의 양반이란 것이 한 푼 값어치도 안 나간단 말이오!"
>
> "제발 그만! 그만하시오! 양반이란 것이 참 맹랑하기도 하오. 나리님네들은 지금 나를 날도둑놈으로 만들 작정이오?"

● 풍자하려고 하는 양반의 모습

● 풍자를 활용하여 얻을 수 있는 효과

춘향전

지은이 모름

읽기 전에 ....

두 뺨이 달아오르고 심장이 쿵쾅거린 적이 있나요? 만화나 드라마에서는 첫눈에 반하는 순간을 이렇게 표현하던데 솔직히 이런 순간이 나에게도 오려나 싶습니다. 로맨스와 코미디, 히어로까지 섞인 『춘향전』에는 우리가 욕망하는 모든 것이 담겨 있습니다. 은밀하게 사랑하고, 유쾌하게 대화하며, 위대하게 실천하는 춘향과 몽룡 커플을 지켜보면서 대리 만족이라도 해 볼까요?

꽃 숲에 아른아른, 선녀인가 귀신인가

이 도령은 갸름하게 눈을 뜨고 건너편 꽃 숲을 한참 바라보았다. 때는 오월 단오라, 큰 나무에 매달린 그네가 하늘 높이 솟아올랐다 사라지곤 하였다. 이 도령은 넋을 잃은 듯 짙푸른 숲 사이로 왔다 갔다 하는 그네를 바라보다가 이윽고 방자에게 물었다.

"이 보아라, 방자야. 저것이 무엇이냐?"

무엇을 본 것인지 이 도령의 두 뺨은 발갛게 달아오르고 심장은 쿵쾅쿵쾅 어찌나 세게 뛰는지 방자에게까지 들릴 지경이었다. 방자는 이 도령이 가리키는 곳을 슬쩍 보고는 딴청을 피웠다.

"무엇 말씀이오? 내 눈에는 아무것도 안 뵈는뎁쇼."

답답한 이 도령은 부채를 들어 그네를 가리키며 말하였다.

"이 부채 끝을 잘 보아라."

"버드나무에 매인 당나귀 말씀이오?"

"이놈아. 눈도 양반 상놈이 다르다더냐? 상놈의 눈은 양반의 티눈만도 못하구나. 그 곁을 보아라."

"버드나무 말씀이오?"

"이놈아, 눈 씻고 잘 보아라. 저 건너 꽃 숲에 아른아른 보이는 게 선녀냐, 귀신이냐?"

방자는 하인의 도리로 더 이상 모른 척할 수가 없어 사실을 털어놓았다.

"선녀도 귀신도 아니고 퇴기(退妓)* 월매의 딸 춘향이라 하나이다."

"퇴기의 딸이라면 구경 한 번 해도 괜찮겠구나. 어서 가서 불러오너라."

방자는 난처한 기색으로 머뭇거리더니 말하였다.

"소인의 말솜씨로는 불러올 수 없습니다."

"어째 그러냐?"

"월매가 기생 그만두고 성 참판*의 첩이 된 지 오래고, 나이 사십 넘어 지리산 각 사찰에 목욕재계*하고 백일기도를 올린 끝에 얻은 것이 저 춘향이오. 춘향은 뛰어난 미인에 타고난 재주가 그만이라오. 문장이면 문장, 음식이면 음식, 모든 재주를 겸비한 데다 『열녀전』을 밤낮으로 공부하여 그 품행을 말하자면 사대부 귀한 딸에 지지 않지요. 바깥사람은 보지도 않는다고 하니, 사또가 부르셔도 올지 말지 한데 도련님이 부른다고 쪼르르 달려오겠소?"

• 퇴기 기생 노릇을 하다 물러난 여자.
• 참판 조선 시대 육조에 둔 종이품 벼슬.
• 목욕재계 깨끗이 목욕하고 몸가짐을 가다듬는 일.

"인물도 뛰어난데 행실까지 얌전하다니 참으로 희한한 일이구나. 그럴수록 더 보고 싶으니 어서 가서 불러오너라."

별수 없이 방자는 꿍얼꿍얼 투덜거리며 춘향을 부르러 나섰다.

춘향은 마침 땅에 내려와 잠시 쉬고 있었다. 구름 같은 두 귀밑에 구슬 같은 땀이 흘러내렸다. 춘향은 향단이 건네준 시원한 귤차를 막 마시려는 참이었다.

"여봐라, 이애 춘향아!"

춘향이 깜짝 놀라 돌아보니 방자였다.

"일이 났다."

"일이라니 무슨 일?"

"사또 자제 도련님이 광한루에 오셨다가 너 노는 모양 보고 불러오라는 일이 났다."

춘향은 방자에게 버럭 화를 냈다.

"서울서 오신 도련님이 어찌 나를 알아서 부른단 말이냐? 네가 미주알고주알 다 고해바쳤구나. 설령 알고 부르신들 네가 나를 무엇으로 알았기에 부르면 갈 줄 알고 당돌하게 왔단 말이냐. 잔말 말고 건너가라."

춘향이 한마디로 거절하자 심술이 난 방자는 공연히 트집을 잡았다.

"소문에 들자하니 춘향은 규중*에 들어앉아 공부만 한다더니

---

* 규중 부녀자가 거처하는 곳.

글공부는 웬 글공부? 아리따운 계집애가 머리에 자르르 기름 바르고, 얼굴에는 분 바르고, 푸른 저고리 붉은 치마 곱게 입고, 그넷줄에 올라타서 제비같이 몸을 차고, 나비같이 날개 벌려 하늘을 날아다니면, 붉은 치마 팔랑팔랑 어느 남자인들 혹하지 않겠느냐? 그러니 잔말 말고 같이 가자."

"네 말이 옳으나 오늘은 오월 단오라 그네 뛰는 이가 어디 나뿐이더냐. 다른 집 처녀들도 예 와서 함께 그네를 뛰었다. 못 들은 것으로 할 테니 그만 가거라. 나는 못 간다."

"어찌하여 양반이 부르시는데 못 간다는 게냐?"

"네 도련님만 양반이고 나는 양반 아니냐?"

"너는 양반이로되, 기생의 딸이니 절름발이 양반이지. 어서 바삐 건너가자."

"못 간다. 양반댁 도련님이 글공부는 아니 하고 신선놀음이나 한다더냐? 신선놀음하려거든 곱게 할 것이지 남의 집 여자 보고 오라 가라 함은 더더욱 당치 않다. 게다가 여염집 여자의 도리로 남자의 전갈*을 듣고 어찌 따라가겠느냐."

춘향은 해당화 그늘 속으로 들어가 버렸다. 할 수 없이 혼자 터덜터덜 돌아온 방자는 사실대로 이 도령에게 일렀다.

"기특한 사람이구나. 말인즉슨 구구절절 옳다만은 내 춘향을 가벼이 여겨 보자는 것이 아니니 다시 일러라."

방자가 전갈을 받들어 꽃 숲으로 갔으나 춘향은 이미 집으로

* 전갈 사람을 시켜 전하는 말이나 안부.

돌아간 뒤였다.

"가고 없는뎁쇼."

방자가 다시 돌아와 아뢰었다.

"이놈아, 춘향을 불러오라 하였지 쫓고 오라 하였더냐. 그럼
집으로 가 보아라."

월매와 마주 앉아 점심을 먹던 춘향은 불쑥 들어서는 방자를
보며 눈을 흘겼다.

"너 왜 또 왔느냐?"

"도련님이 다시 전갈하라신다. '내가 너를 기생으로 알아서
가 아니라 글을 잘한다기에 청하노라. 여염집 처자를 청하는
것이 예절에 어긋나는 일이기는 하나 허물을 탓하지 말고 한
번 다녀가라' 하신다."

그렇게까지 말을 하니 춘향의 마음도 살풋 움직여 가 볼 마
음이 났다. 그러나 어머니 뜻을 몰라 대답하지 못하였다. 월매
는 뭔가 곰곰 생각하는 눈치더니 이윽고 무릎을 치며 말하
였다.

"꿈이라는 게 다 헛것은 아니구나. 간밤 꿈에 난데없는 청룡
이 보여 무슨 좋은 일이 있으려나 했더니만, 사또 자제 이름이
몽룡이라고? 꿈 몽(夢) 자, 용 룡(龍) 자, 참으로 신통하게 맞아
떨어지는구나. 그러나저러나 양반이 부르는데 아니 갈 수 있
겠느냐. 잠깐 다녀오너라."

춘향은 못 이기는 체 일어나 양지바른 봄 마당의 씨암탉처럼
자태도 아름답게 광한루로 건너갔다.

난간에 기대서 있던 이 도령이 가만 보니 춘향의 자태가 이세상 사람이 아닌 듯하였다. 푸른 강 위로 날아오르는 한 마리학이 겨울 달에 비치는 듯, 별과도 같고 옥과도 같았다. 천천히 누각에 오른 춘향은 부끄러워 저만치 비켜서 있었다.

춘향이 시선을 잠깐 들어 이 도령을 살펴보니 세상에 다시없는 귀공자였다. 이마가 높아 일찍 성공할 것이요, 충신이 될 관상이라 마음이 흡족해진 춘향은 부끄러이 고개를 숙였다.

"네 성은 무엇이며, 나이는 몇 살이냐?"

"성은 성가이옵고, 나이는 열여섯입니다."

"허허, 그 말 반갑도다. 내 나이도 열여섯, 천생연분*이로구나. 너희 부모는 생존해 계시느냐?"

"어머니만 계십니다."

"형제는 몇이냐?"

"무남독녀, 나 하나요."

"귀하디귀한 딸이로구나. 하늘의 인연으로 우리 둘이 만났으니 행복하게 잘 살아 보자꾸나."

그제야 춘향은 고개를 들어 이 도령을 똑바로 쳐다보며 옥쟁반에 구슬 구르듯 또르르 야무지게 대꾸하였다.

"충신은 두 임금을 섬기지 않고, 열녀*는 두 남편을 섬기지 않는다 하였소. 도련님은 귀공자요, 나는 천한 첩의 자식이라,

---

* 천생연분 하늘이 정하여 준 인연.
* 열녀 절개가 굳은 여자.

후일 나를 버리시면 일편단심 이내 마음 어찌할 것이오. 그러니 다시는 그런 말씀 마시오."

"내가 언제 너를 버린다더냐? 백년가약* 맺고 내 아내로 삼을 것이다. 네 집이 어디냐?"

"방자더러 물으시오."

춘향은 새초롬하게 톡 쏘아붙이며 시선을 돌렸다. 이 도령은 허허 웃고는 방자에게 물었다.

"춘향의 집을 일러라."

"저기 저 건너 숲 울창하고 나뭇가지마다 어여쁜 새들 내려앉은 곳이 춘향의 집이오."

"푸른 소나무와 대나무가 울창한 걸 보니 열녀가 날 집이로구나."

춘향은 얼굴이 발그레 달아올라 고개를 외로 꼬며 말하였다.

"사람들이 무엇이라 할지 모르니 그만 놀고 가겠습니다."

"그렇지. 네 생각이 기특하다. 오늘 밤 너의 집에 갈 것이니 괄시하지나 마라."

"나는 몰라요."

"네가 모르면 되느냐. 잘 가거라. 오늘 밤에 다시 만나자꾸나."

• 백년가약 젊은 남녀가 부부가 되어 평생 같이 지낼 것을 다짐하는 약속.

중략 줄거리

남원 부사의 아들 이몽룡은 춘향의 집으로 찾아가 부부의 연을 맺고 행복한 시절을 보낸다. 그러던 어느 날, 동부승지로 승진한 아버지를 따라 몽룡은 한양으로 가게 되고, 몽룡을 기다리던 춘향은 신관 사또 변학도의 수청 명령을 거부한 죄로 옥에 갇힌다. 한편 춘향과의 관계를 허락받기 위해 죽기 살기로 공부한 몽룡은 장원급제하여 암행어사가 되어 남원을 다시 찾는다.

옥문 사이로 그리운 임

번개는 번쩍 천둥은 우르릉, 비는 주룩주룩 바람은 휘휘 불어, 문풍지는 덜덜 밤새는 붓붓, 옥문은 덜컥, 낙수*는 뚝뚝, 먼 데서 닭 소리 은은히 들리는데, 춘향은 홀로 누워 여느 때처럼 낭군 생각에 눈물짓고 있었다.

"야속한 우리 임은 나를 잊었는가, 꿈에도 아니 온다. 잠아 오려무나, 꿈아 오려무나. 꿈속에나 만나 보자."

슬피 울다 춘향은 깜박 잠이 들었다.

"춘향아."

"그렇게 소곤거려서야 들리겠나. 크게 한번 불러 보소."

---

* 낙수 빗물 등이 처마 끝에서 떨어짐.

월매가 불렀는데도 대답이 없자 어사또 속이 타서 월매를 다그쳤다.

"모르는 소리 마시오. 동헌이 지척인데 소리 질렀다가 사또 알게 되면 또 난리가 날 것이오."

"알면 어떻소? 내가 부를 테니 가만있소. 춘향아!"

부르는 소리에 춘향이 번쩍 눈을 뜨고 사방을 둘러보았다.

"이 목소리 꿈결인가 잠결인가?"

"내가 왔다고 어서 말을 하소."

어사또 춘향이 모습 보고 가슴이 메어져 또다시 월매를 재촉하였다.

"다짜고짜 말을 하면 너무 놀라 기절초풍할 것이니 잠깐 뒤로 물러나 있소."

춘향이 월매 목소리를 알아들었다.

"어머니요? 어찌 왔소? 몹쓸 딸자식 생각하고 밤중에 다니다가 넘어지시기라도 할까 무섭소. 다시는 오지 마오."

"나는 염려 말고 정신을 차리어라. 왔다."

"오다니 누가 와요?"

"그저 왔다."

"갑갑해서 나 죽겠소. 일러 주오. 혹시나 서방님께 기별 왔소? 언제 옥문 사이로 그리운 임 오신단 소식 왔소? 벼슬 받고 내려온단 기별 왔소?"

"서방인지 남방인지 걸인 하나가 내려왔다."

"참말이오?"

긴 머리 늘어뜨려 목에 친친 돌려 감고 큰칼 드르르 드르르 끌며 춘향이 옥문 앞으로 다가왔다. 그제야 어사또 옥문 앞에 나섰다. 춘향은 겨우내 옥중에서 갈라 터진 손을 내밀어 어사또 손을 부여잡고는 한참이나 입을 열지 못하였다.

"이게 분명 꿈이렷다. 오매불망˚ 그린 임을 이리 쉽게 만날 리가 없지. 꿈에라도 보았으니 이제 죽어도 한이 없네."

"춘향아, 꿈 아니다. 내가 왔다. 너 보러 내가 왔다."

"참말이오? 이게 꿈이 아니라 생시란 말이오? 서방님! 어찌 그리 무정하셨소? 서방님 한양 가신 뒤로 자나 깨나 앉으나 서나 서방님 생각하였더니 다 죽게 된 후에야 날 살리러 오셨소? 이리 가까이 좀 오시오. 그리운 내 낭군 얼굴 좀 봅시다."

어사또 얼굴을 이리 보고 저리 보던 춘향 얼굴에 수심이 가득 어렸다.

"내 몸 하나 죽는 것은 서럽지 않으나 서방님 이 꼴이 웬 말이오?"

춘향의 여읜 뺨으로 뜨거운 눈물이 주르르 흘러내렸다.

"오냐, 춘향아. 서러워 마라. 사람 목숨은 하늘에 달렸다는데 설마 죽기야 하겠느냐?"

그래도 춘향의 눈물은 그치지 않았다. 제 딸 우는 것 보고 월매도 옷고름으로 눈물을 찍어 내며 중얼거렸다.

"어사또나 되어 내 딸 목숨 구해 줄 줄 알았더니, 사위인지

˚ 오매불망 자나 깨나 잊지 못함.

오위인지 부질없다. 이것도 다 네 복이다. 사또 분부 받들고 편안하게 살렸더니 일부종사하겠다고 목숨마저 내걸더니, 꼴 좋다. 거지도 상거지에게 일부종사 무슨 소용이냐?"

하도 기가 막혀 월매는 춘향에게 원풀이를 해 댔다.

"어머니, 그런 말 마오. 못되어도 내 낭군, 잘되어도 내 낭군 이오. 나를 찾아오신 낭군, 어찌 그리 괄시하오. 그러지 말고 나 죽은 후에 원이나 없게 해 주소. 나 입던 비단옷 장롱 안에 들었으니 그 옷 내어 팔아다가 한산모시 바꾸어서 색깔 곱게 도포 짓고, 내 패물 다 팔아다가 갓이며 신발 사 드리오. 나 죽은 후에라도 나 없다 생각 말고 나 본 듯이 서방님 섬겨 주오."

"저는 곧 죽게 생겼구만 저것도 서방이라고 알뜰히도 챙기 네. 애고 속 터져!"

월매는 춘향이 듣지 않게 나지막한 소리로 중얼거리며 가슴 을 두드렸다.

춘향은 어사또 손을 맞잡고 그윽하게 바라보더니 긴 한숨을 내쉬며 말하였다.

"서방님, 들으니 내일이 본관 사또 생신이라 잔치 끝에 나를 죽인다오. 그러니 아무 데도 가지 말고 옥문 밖에 지켜 섰다가 춘향 대령하라 명이 나면 칼머리나 들어 주고, 나를 죽여 내치 거든 다른 사람 손길 닿지 않게 서방님이 직접 묻어 주오. 좋은 옷도 좋은 무덤도 다 필요 없소. 땅 파고 나 묻으실 때 서방님 속적삼˚ 벗어 내 가슴에 덮어 주면 원이 없겠소. 속적삼이 서방님인 듯 죽어서도 고이 간직하리다."

구슬 같은 눈물이 작은 냇물이 되어 옷깃을 흥건히 적셨다.

"서방님, 부탁이 하나 있소. 불쌍하신 우리 모친, 내 이 한 몸 죽어지면 누구에게 의지하랴. 우리 모친 나를 잃고 서러워서 죽을 테요, 굶어서도 죽을 테요. 낭군을 못 섬기고 불쌍히 죽는 년이 무슨 부탁이 있을까만 가련한 어미 신세 정처 없이 불쌍하니, 노모를 받들어서 춘향같이 생각하면 죽어 귀신 되어 은혜를 갚으리다."

어느새 비는 그치고 동창˚이 부옇게 밝아 왔다. 춘향은 눈물을 그치고 어사또 손에 잡혔던 두 손을 가만히 빼냈다.

"서방님, 먼 길 오시느라 얼마나 피곤하시겠소. 이제 그만 가서 주무시오."

"오냐, 춘향아. 너무 근심하지 말고 너도 푹 자거라. 오늘 해만 지면 죽든 살든 결판이 날 터이니, 딴마음 먹지 말고 부디 해 지거든 다시 보자."

어사또 되었다는 말만 들으면 춘향이 기뻐 춤이라도 출 텐데 어명을 받든 몸이라 속 시원히 밝힐 수도 없는 노릇이었다. 말도 못 하고 속절없이 바라만 보아야 하는 어사또 가슴에도 피눈물이 맺혔다.

어사또는 월매와 향단을 집으로 돌려보낸 후 광한루로 올라갔다. 잠시 후 어사또를 수행할 나졸들이 그림자처럼 조용하

˚ 속적삼 저고리에 땀이 배지 않게 속에 껴입는 적삼.
˚ 동창 동쪽으로 난 창.

게 사방에서 모여들었다.

"오늘 본관 사또 잔치할 때 어사출또 할 것이니, 사람들 눈에 띄지 않게 부근에서 대기하라."

암행어사 출또요!

날이 밝자 남원 관아는 변 사또의 생일을 준비하느라 분주하였다. 소 잡고 돼지 잡고 음식 장만 분주한데 각 읍 수령˚ 도착 알리는 나팔 소리 드높았다.

수령들이 자리를 잡고 앉자 좌우로 늘어선 기생들이 옥빛 소맷자락 휘날리며 풍악 소리에 맞춰 춤을 추기 시작하였다. 술이 몇 잔 돌고 손님들 흥이 거나하게 돌았을 무렵, 대문간이 시끄러웠다.

"여봐라, 사또께 아뢰어라. 먼 데서 온 걸인이 좋은 잔치를 만났으니 음식이나 좀 얻어먹자고 여쭈어라."

거지 꼴의 어사또가 문전에서 사령과 옥신각신하는데, 사령이 아뢸 것도 없이 그 소리 들은 사또가 버럭 성을 내어 소리쳤다.

"어떤 놈이 잔치를 망치는고? 저 미친놈을 멀리 쫓아내라."

그러나 어사또는 기둥을 꼭 끌어안고 도무지 떨어지지를 않

˚수령 고려·조선 시대에 각 고을을 맡아 다스리던 지방관들을 통틀어 이르는 말.

왔다.

"사또께서 가라 하지 않소. 불호령을 내리시기 전에 빨리 가오."

"잔치에 온 개도 고깃점 하나는 얻어먹는 법이거늘 빈손으로 가라니 당치 않소. 나는 못 가오."

거지를 유심히 살펴보던 운봉 수령이 사또에게 고하였다.

"사또, 저 거지 행색은 누추하나 양반인 듯하니 술이나 대접하여 보냄이 어떻겠습니까?"

변 사또는 내키지 않았으나 아랫사람이 말하는 것을 무시할 수가 없어서 못마땅한 얼굴로 고개만 끄덕였다.

어사또 성큼성큼 걸어가 운봉 수령 옆에 털썩 주저앉았다. 그 꼴을 보고 변 사또가 수령에게 나지막한 소리로 짜증을 내었다.

"저런 것들 가까이 해 봐야 담뱃대나 훔쳐 갈 게 뻔한데, 뭐하러 대우는 하고 그러시오?"

운봉 수령은 빙긋 웃고 말았다. 이윽고 찻상이 들어오는데 손님마다 각각 한 상을 받았으나 어사또 앞에는 과일 한 접시 놓지 않았다. 운봉 수령이 민망하여 하인을 불렀다.

"이리 오너라! 이 양반 상 차려다 드려라."

그제야 어사또 앞에 상을 차려 놓는데, 누가 먹다 남긴 갈비에 콩나물 대가리 한 접시, 멸치 꼬리 한 접시, 막걸리 한 사발이 전부였다. 어사또는 살만 남은 부채를 거꾸로 쥐고는 운봉 수령의 옆구리를 쿡쿡 찔렀다.

"여보, 운봉."

느닷없이 옆구리를 찌르는 바람에 운봉 수령이 깜짝 놀라 대답하였다.

"아이고, 왜 이러시오?"

"나 갈비 한 대 주시오."

"갈비를 달랄 것이면 말로 하지 왜 남의 갈비는 쿡쿡 찌르는 것이오?"

수령이 하인을 불러,

"이 갈비를 가져다 저 양반에게 드려라."

하고 일렀다.

그러자 어사또가 벌떡 일어났다.

"얻어먹는 사람이 귀찮게 남의 수고를 끼칠 필요가 뭐 있소. 내가 가져다 먹으리다."

어사또는 이리저리 다니면서 제일 맛있는 음식만 가져다가 자기 앞에 놓고는 게걸스레 먹기 시작하였다. 후르르 쩝쩝 먹는 소리 요란하여 변 사또는 기분이 몹시 상하였다.

'저놈이 양반의 자식은 분명한 모양인데 저렇게 버릇없는 것을 보니 글공부를 했을 리 없다. 시나 짓자고 해서 쫓아내야지.'

변 사또는 흐흠, 헛기침을 해서 주목을 끈 다음 말하였다.

"우리 글이나 한 수씩 지읍시다. 글을 못 짓는 사람은 큰 벌을 내릴 것이니 잘 생각해서 좋은 시들을 지어 보오."

다들 머릿속으로 시상을 가다듬고 있는 중에 어사또가 앞으로 나앉으며 말하였다.

"나도 부모님 덕으로 글자는 익혔으니 잘 먹은 값으로 글이나 한 수 짓겠소."

운봉이 붓과 먹을 건넸다. 다른 사람들이 붓을 들기도 전에 어사또는 순식간에 몇 자 끼적이고는 자리에서 일어났다.

"먼 데서 온 거지가 오랜만에 술과 고기를 포식하였으니 고맙소. 나중에 다시 봅시다."

변 사또는 저놈이 시를 못 지으니까 미리 꼬리를 사리는 것이라 여기고 어서 빨리 가라는 뜻으로 손을 휘휘 내저었다.

대체 뭐라 썼는지 궁금하여 어사또가 남긴 시를 읽던 운봉 수령의 얼굴이 갑자기 하얗게 질렸다.

금동이의 맛있는 술은 만백성의 피요(금준미주金樽美酒 천인혈千人血이요),

옥소반의 좋은 안주는 만백성의 기름이라(옥반가효玉盤佳肴 만성고萬姓膏라).

촛불 눈물 떨어질 때 백성 눈물 떨어지고(촉루낙시燭淚落時 민루낙民淚落이요),

노랫소리 높은 곳에 원망 소리 드높다(가성고처歌聲高處 원성고怨聲高라).

놀란 운봉 수령이 허겁지겁 일어나자 사또가 물었다.

"왜 그러시오?"

"지, 집에 이, 일이 있어 그만 가야겠소."

"무슨 일이오?"

당황한 수령이 아무 말이나 지어냈다.

"어머님이 낙태를 하였다고 기별이 왔소."

"어머님이 연세가 얼마신데 낙태를 하오?"

"금년에 여든아홉이오."

사또는 물론이고 사람들이 대체 무슨 소린가 싶어 운봉 수령을 주시하였다. 그제야 말이 잘못되었다는 것을 깨달은 수령이 얼른 둘러댔다.

"아니 아니, 낙태가 아니라 낙상*을 하였다는 것을 잘못 말했소이다. 그럼 나는 가오."

"어머님이 다치셨다니 그럼 가야지요."

운봉 수령은 하도 정신이 없어 신발도 제대로 신지 못한 채 부리나케 도망쳐 버렸다.

바로 그때였다. 어디선가 북이 쿵쿵쿵, 세 번을 울렸다. 뒤이어 요란한 발소리가 우르르 들리더니 어사또를 보필하는 나졸들이 잔치 마당으로 뛰어들었다.

"암행어사 출또요!"

누군가 우렁우렁 외치는 소리에 강산이 무너지고 천지가 들끓는 듯, 하늘에 떠 있는 해도 잠깐 발을 머무르고, 공중에 나는 새도 잠깐 날지 못하여 푸득푸득 떨어졌다. 남문에서 "출또

* 낙상 떨어지거나 넘어져서 다침.

요.", 북문에서 "출또요.", 출또 소리 천지에 진동하고, 좌수,* 별감*넋을 잃고, 각 읍 수령 도망칠 때 그 거동이 장관이었다. 임실 현감*은 하도 급해서 갓을 거꾸로 뒤집어쓰고는,

"여보아라, 어느 놈이 갓 구멍을 막았구나."

소리치자 누군가,

"갓을 뒤집어쓰셨소."

"아따, 언제 바로 쓸 새 있더냐. 좀 눌러 다오."

하여 그대로 꽉 누르니 갓이 벌컥 뒤집혔다. 겨우 갓을 쓰고 나서 오줌을 눈다는 것이 그만 칼집을 쥐고 누니, 오줌 맞은 하인들이

"허, 요새는 하늘이 비를 따뜻하게 덥혀서 내리는 모양일세."

하며 갈팡질팡하였다.

구례 현감은 말을 거꾸로 타고 채찍질을 하니 말이 뒤로 달아났다.

"허, 이 말이 웬일이냐? 본래 목이 없느냐?"

"거꾸로 타셨소. 내려서 바로 타시오."

"어느 겨를에 바로 타겠느냐! 목을 빼어다가 말 똥구멍에 박아라."

변 사또는 정신이 아득하여 바지에 똥을 싸서 엉겁결에 내실

• 좌수 지방의 자치 기구인 향청의 우두머리.
• 별감 좌수 바로 밑에서 고을 일을 보는 사람.
• 현감 작은 현의 으뜸 벼슬.

로 뛰어들며 소리쳤다.

"어, 춥다. 문 들어온다, 바람 닫아라. 물 마르다, 목 들여라."

이때에 나졸들이 벌 떼같이 달려들어 이리 치고 저리 치고, 함부로 둘러치니 부서지는 것은 거문고요, 깨지는 것은 북이었다. 교자상도 부러지고 찻상도 넘어지고 이런 야단법석이 없었다.

어사또는 동헌 마루에 높이 앉아 분부하였다.

"남원부 변 사또는 악행이 높으니 당장 포박하여* 옥에 가둬라!"

변 사또를 옥에 가둔 어사또는 옥중에 갇힌 죄인의 사연을 다 들은 후 죄 없는 사람은 즉시 풀어 주었다. 풀려난 사람들은 기뻐 춤을 추며 어사또의 공덕을 치하하였다.

마지막으로 어사또는 옥을 지키는 형리에게 일렀다.

"춘향을 칼 벗겨 대령하라."

어사또 부른다는 말에 춘향은 옆을 돌아보며 향단에게 물었다.

"향단아, 옥문 밖에 누가 있나 보아라."

"아무도 없어요."

"또 보아라."

"아무도 없어요."

* 포박하다 잡아서 묶다.

춘향은 깊은 한숨을 내쉬었다.

"어젯밤에 신신당부하였건만 어디를 가시고 나 죽는 것도 모르는고? 밤에 잠을 못 주무시어 잠이 깊이 들었는가? 무심하고 야속한 임, 죽기 전에 얼굴 한 번 보려 하였더니 안 와 보고 어디 있나?"

솟는 눈물 피가 되어 옷깃을 적셨다. 월매는 발을 동동 구르며 가슴을 쾅쾅 쳤다. 형리가 우는 사람들을 달랬다.

"울지 마소. 하늘이 무너져도 솟아날 구멍이 있다 하지 않았나? 어사또에게 말씀을 잘 아뢰면 송죽(松竹)*같이 굳은 절개 알아줄지 어찌 아오?"

형리가 재촉하여 춘향은 관아로 들어갔다. 걸을 힘도 없어 향단이 춘향을 업고 월매 뒤를 따라 울며불며 들어갈 때, 남원 각지에서 온 여인네들이 춘향을 살리려고 그 뒤를 따랐다. 밭매다 호미 들고 달려온 여인네도 있었고, 뽕 따다 뽕잎 들고 달려온 여인네도 있었다.

어사또가 무리 지어 오는 여인네들을 보고 물었다.

"부인들이 어찌하여 이다지도 많이 왔는가? 무슨 일인지 아뢰어라."

그중 일백일곱 살로 제일 나이 많은 과부 하나가 좌우를 헤치며 썩 나섰다.

"억울한 일 있삽기로 어사또께 여쭈러 왔습니다. 월매 딸 춘

* 송죽 소나무와 대나무.

향은 어미는 기생이나 아비는 재상이라. 구관 자제 이 도령과 백년가약 맺은 후에 도련님과 이별하여 수절하고 있었사온데, 신관 사또 변 사또가 수청 들라 달래어도 분부를 따르지 않자 춘향을 옥에 가두고 모진 형벌 내려 다 죽게 되었사옵니다. 열녀가 두 남편을 모시지 않는 것은 세상 으뜸가는 도리이온데, 매를 때린다고 변하리까. 열녀 춘향을 풀어 주십시오. 어지신 사또 처분만 기다리오."

"어미가 기생이라면 그 딸도 기생이 분명하다. 기생이 사또의 수청을 드는 것이야 당연하거늘, 수청은 들지 않고 발악하였다니 용서할 수 없는 일이로다."

"여보, 어사. 이 처분이 웬 말이오? 수절 말고 수청 들라니, 그게 벼슬아치가 할 일이오? 수절이 죄란 말이오?"

"쉬!"

어사또를 수행해 온 나졸 하나가 과부를 가로막았다.

"쉬라니, 어디 뱀이 지나가느냐? 쉬라니. 죄 없고 늙은 나를 어사또인들 어찌할 것이냐? 잡아가려느냐? 자, 얼른 잡아가려무나."

남원 사람들 모두 춘향의 수절을 높이 평가하는 것을 보고 어사또 속으로 은근히 좋아서 궁둥이를 들썩들썩, 웃음을 참느라 입을 씰룩씰룩하며 분부하였다.

"옳은 일이라면 마땅한 대접을 할 것이니 부인들은 염려 말고 돌아가라."

부인들이 물러갈 때 과부가 한마디 다시 일렀다.

"여보, 어사또. 부디 열녀 춘향 풀어 주시오. 그렇지 않으면 큰 봉변을 당할 것이오."

춘향은 죽은 듯이 엎드려 있는데, 가는 목에 큰칼 차고 곱던 머리 산발하고 옷자락에는 붉은 핏물 얼룩지고 그 참혹한 광경은 두 눈 뜨고 차마 보지 못할 지경이었다. 어사또 눈에 눈물이 그렁그렁, 혹 남에게 들킬세라 부채로 얼굴을 가린 채 물었다.

"분부 들어라. 너는 기생으로서 관의 명령을 어기고 발악하였으니 살기를 바랄쏘냐? 죽어 마땅하나 내 수청을 든다면 목숨은 살려 주마."

기가 막힌 춘향이 고개를 번쩍 들고,

"초록은 동색이요, 가재는 게 편이라더니 내려오는 벼슬아치마다 하는 꼴이 가관이구나."

한탄하며 말을 이었다.

"어사또는 들으시오. 절벽 위에 우뚝 솟은 높은 바위 바람 분들 무너지며, 사시사철 푸른 소나무 눈이 온들 비가 온들 변하리까? 틀린 소리 마옵시고 어서 바삐 죽여 주소."

어사또는 더 이상 묻지 않고 빙긋 웃더니 옥반지를 꺼내 사령에게 주었다.

"이것을 춘향에게 주어라."

춘향이 제 앞에 놓인 옥반지를 보니, 이별할 때 자기가 이 도령에게 준 바로 그것이었다.

"춘향은 고개를 들라."

그제야 춘향은 번쩍 고개를 들었다. 동헌 마루에 높이 앉은 어사또는 어제저녁 옥문 밖에 왔던 낭군이 분명하였다. 꿈인가 생시인가. 물끄러미 어사또를 바라보는 춘향 눈에 구슬 같은 눈물이 서려 옷깃을 적시며 조용히 흘러내렸다.

"얼씨구 좋구나, 지화자 좋구나. 어제저녁 걸인 사위, 어사가 웬 말이냐? 꿈이거든 깨지 말고 생시거든 오늘만 같아라."

춘향이 죽을 줄만 알고 울며불며 따라왔던 월매는 울다 웃다 덩실덩실 어깨춤을 추었다.

"애고 내가 미친년이지. 엊저녁에 우리 사위 욕도 하고 구박도 하였더니 그 무슨 미친 짓이야. 여보소, 옷고름에 찬 칼 좀 주소. 이년의 입을 찔라네. 아이고, 째면 아플 테니 째지는 못하겠고, 이놈의 주둥이, 이놈의 주둥이."

월매는 제 입을 제 손으로 쿡쿡 쥐어박으며, 웃다가 울다가 제정신이 아닌 듯하였다.

"사또, 부디 노여워 마오. 사위가 거지 되면 내 딸 춘향 죽을게 분명하여 화난 김에 모진 소리를 한 것이니 노여워 마오. 우리 사위 서울 간 뒤 후원*에 단을 쌓고 우리 사위 귀하게 되기를 밤낮으로 빌었더니 하늘이 감동하여 어사또가 되었구나. 지화자 좋을시고."

춘향 모녀를 집으로 돌려보낸 후에 어사또는 밤늦도록 관아의 일을 살피고 밤이 깊어 춘향에게로 갔다. 인적은 끊겨 적막

* 후원 집 뒤에 있는 정원이나 작은 동산.

하고 밤은 깊었는데 춘향의 사랑인 양 영롱한 달빛이 길을 밝혔다. 집에 당도하자 후원의 연못에 금붕어는 달을 좇아 뛰어놀고 겨우 잠든 삽살개가 사람 자취에 놀라 깼다.

"애고, 사또 오시네."

월매가 뜰에 내려와 사또를 모시고 춘향 방으로 들어갔다. 그제야 겨우 자리에서 일어난 춘향은 어사또의 손을 잡고 설움 반 기쁨 반, 꿈인 듯 생시인 듯 아득하고 반가워 한참 울었다.

어사또는 수건으로 눈물을 훔쳐 주며 춘향을 달랬다.

"울지 마라, 울지 마라. 예로부터 영웅이나 미인치고 고생하지 않은 이가 없었다. 이 모든 게 내 죄로다. 울지 마라. 이제 고생 끝 행복 시작인데 왜 자꾸 우느냐?"

어사또는 미음도 권하고 약도 손수 짜서 권하며 밤새도록 춘향을 간병한 후 떠날 채비를 하였다.

"이제는 우리 둘이 죽을 때까지 백년해로하자꾸나. 부모님께 편지를 보냈으니 조만간 사람이 올 것이다. 그 사람 따라 장모와 함께 먼저 올라가 기다리거라. 나는 어명을 받든 사람이라 이리저리 더 할 일이 있으니 일 다 마친 후에 올라가마."

후에 소문을 들은 임금은 기생의 신분으로 목숨 걸고 수절한 춘향을 칭찬하고 정렬부인[*]으로 봉하였다. 이 도령은 이조판서, 호조판서, 좌의정, 우의정까지 다 지내고 퇴임한 후에 정

---

* 정렬부인 조선 시대 정조와 지조를 지킨 부인에게 내리던 칭호.

렬부인 춘향과 함께 아들딸 낳고 백년해로하니, 모든 사람이
부러워하며 춘향의 절개를 본받고자 하였다.

1 몽룡과 춘향은 동갑내기인데도 몽룡은 반말을, 춘향은 존댓말을 쓰고 있다. 그 이유를 빈칸에 들어갈 말을 이용해서 설명해 보자.

몽룡의 부모	춘향의 부모
남원 부사와 정부인	

> 몽룡: 네 성은 무엇이며, 나이는 몇 살이냐?
> 춘향: 성은 성가이옵고, 나이는 열여섯입니다.
> 몽룡: 허허, 그 말 반갑도다. 내 나이도 열여섯, 천생연분이로구나.
>
> 조선 시대는 _____ 반말을 쓰고 있는 거예요.

2 이 작품은 인물의 처지나 갈등 구조에 따라 주제를 다양하게 이야기해 볼 수 있다. 다음 빈칸에 알맞은 말을 넣어 주제를 파악해 보자.

> • 양반의 아들 몽룡과 기생의 딸 춘향의 연애담이라는 측면에서 보면:
>   □□ 을 초월한 변치 않는 사랑.
> • 암행어사 이몽룡과 부패한 관리 변 사또의 갈등 구조에서 보면:
>   탐관오리의 횡포에 대한 □□.
> • 퇴기 월매의 딸이라는 신분적 제약에서 벗어나려는 춘향의 입장에서 보면:
>   신분 □□ 의지.
> • 춘향과 변 사또의 갈등 구조에서 보면:
>   여성의 굳은 □□.

3 이 소설에는 각각의 장면마다 다양한 표현들이 나온다. 다음의 표현에는 어떤 방법이 쓰였고 그 효과는 무엇인지 알아 보자.

장면	표현	표현 방법 및 효과
옥에 갇힌 춘향의 모습	번개는 번쩍 천둥은 우르릉, 비는 주룩주룩 바람은 휘휘 불어, 문풍지는 덜덜 밤새는 붓붓, 옥문은 덜컥, 낙수는 뚝뚝, 먼 데서 닭 소리 은은히 들리는데…….	대구법과 의성어를 활용해 생동감과 운율감을 준다.
월매가 춘향에게 화내는 장면	"사또 분부 받들고 편안하게 살렸더니 일부종사하겠다고 목숨마저 내걸더니, 꼴 좋다. 거지도 상거지에 일부종사 무슨 소용이냐?"	
푸대접받은 몽룡이 시를 지은 후	"먼 데서 온 거지가 오랜만에 술과 고기를 포식하였으니 고맙소. 나중에 다시 봅시다."	
암행어사 출또에 놀라 수령들이 도망치는 장면	변 사또는 정신이 아득하여 바지에 똥을 싸서 엉겁결에 내실로 뛰어들며 소리쳤다. "어, 춥다. 문 들어온다. 바람 닫아라. 물 마르다. 목 들여라."	

작품 출처 ●●●

공선옥　　「일가」, 『나는 죽지 않겠다』, 창비 2009

김애란　　『두근두근 내 인생』, 창비 2011

박지원　　「양반전」, 『양반전』, 장철문 글, 창비 2004

성석제　　「내가 그린 히말라야시다 그림」, 『내가 그린 히말라야시다 그림』(소설
　　　　　　의 첫 만남 2), 창비 2017

주요섭　　「사랑손님과 어머니」, 『20세기한국소설 9』, 창비 2005

지은이 모름 『춘향전』, 정지아 글, 창비 2005

수록 교과서 보기 〰〰〰〰〰〰〰〰〰〰〰〰〰〰